Di Luca Bianchini negli Oscar

La cena di Natale
Eros - Lo giuro
Instant Love
Io che amo solo te
Se domani farà bel tempo
Siamo solo amici
Ti seguo ogni notte

LUCA BIANCHINI

LA CENA DI NATALE

di *Io che amo solo te*

I edizione Libellule novembre 2013
I edizione Oscar Bestsellers novembre 2014

ISBN 978-88-04-66676-9

Questo volume è stato stampato
presso ELCOGRAF S.p.A.
Stabilimento - Cles (TN)
Stampato in Italia. Printed in Italy

Anno 2016 - Ristampa 6 7

La vicenda e i personaggi descritti in questo romanzo sono inventati. I luoghi sono reali, anche se alcuni dettagli sono frutto della fantasia dell'autore. Ogni riferimento a fatti e persone realmente esistiti o esistenti è puramente casuale.

| librimondadori.it | anobii.com

LA CENA DI NATALE

di *Io che amo solo te*

A Ornella Tarantola,
libraia e amica insostituibile,
con cui andrei a cena tutte le sere

Happy Xmas (War Is Over)

JOHN LENNON

1

La neve era arrivata senza avvisare nessuno.

Era scesa nella notte, furtiva e lenta, adagiandosi sui tetti, nei vicoli, sopra gli scogli lontani dalla riva. Polignano si era svegliata sotto un velo bianco da sposa, che la rendeva magica, poetica e soprattutto scivolosa. Solo al mare non interessava. Si mangiava i fiocchi come popcorn, con la presunzione di essere uno spettacolo difficilmente sostituibile.

Fu proprio quello a ingannare Ninella, quando si svegliò in preda alla solita insonnia e aprì le persiane.

Vide il blu e si rasserenò, anche se il cielo era un po' troppo opaco per i suoi gusti. Lo osservò meglio e notò che qualcosa si muoveva nell'aria: «*Mamma mè*... nevica» disse, e per un attimo tornò bambina. Si ricordò di quell'anno in cui la scuola aveva chiuso una settimana e lei se n'era restata in casa a guardare la finestra dicendo: «Ma al mare non si appiccica».

Per Ninella era quella la neve. Certo negli anni successivi non si sarebbe messa in macchina per andare a vederla a Monopoli, come avevano fatto alcuni compaesani. Lei si spostava a Monopoli solo per Mondo Mocassino.

Da quando aveva fatto pace con la signora Labbate era diventata una cliente affezionata del negozio. Che poi, lei, di comprare le scarpe non era proprio capace. La prendeva una strana agitazione e non capiva mai se la misura era quella giusta. Stava da sola a camminare davanti allo specchio, per convincersi, finché la commessa giungeva in soccorso con la frase: «Comunque dopo un po' la scarpa cede». Lei, puntualmente, si fidava del consiglio e arrivata a casa se ne pentiva. Era talmente orgogliosa che non aveva nemmeno il coraggio di tornare indietro con lo scontrino, così ogni tanto regalava scarpe alle sue clienti, che per sdebitarsi consigliavano le amiche di farsi cucire i vestiti da lei. Del resto, era pur sempre la più brava sarta di Polignano.

Dal momento in cui aveva scoperto Mondo Mocassino era cambiata. Sembrava un'allegra Cenerentola di mezza età e appena il figlio della signora Labbate, Mario, la vedeva, la faceva subito accomodare sulla poltroncina dei clienti "vip". Quella dove lui, come capocommesso, faceva sedere solo persone di un certo livello, dalla moglie del sindaco alle figlie del geometra Serripierri. Ma Ninella ormai era una di famiglia. Si sedeva sul suo trono, si rilassava e trovava ogni volta la calzatura adatta. Aveva capito che il segreto per la scarpa perfetta è non preoccuparsi mai della misura: se ci pensi troppo, vuol dire che è stretta. E, soprattutto, la scarpa perfetta non chiede mai di essere tolta, vorrebbe restare sempre attaccata ai tuoi piedi. Piedi che quella mattina erano ancora nudi, e iniziavano a sentire il gelo del pavimento e l'aria che entrava dalla finestra.

Ninella accostò le persiane e tornò alla realtà del suo specchio. Provò a fare un sorriso, che non le riuscì benissimo. La vigilia di Natale le metteva sempre addosso un po' di malinconia, anche se quella mattina avrebbe avuto un piccolo sussulto. Rossano, l'uomo della Bofrost, che negli ultimi mesi le aveva fatto più di una visita, le aveva chiesto se poteva passare poiché si trovava in zona per le ultime consegne.

"Ma in casa c'è pure Nancy, che hanno le vacanze da scuola" gli aveva scritto. E quando lui le aveva ribattuto che voleva solo farle gli auguri, lei per un attimo si era sciolta.

Non era l'uomo che sognava.

Non era l'uomo che avrebbe mai lasciato la sua compagna.

Ma era un uomo che si ricordava di lei, e voleva vederla a prescindere dal sesso. Andò in cucina a controllare quante patate Ziggy avesse ancora nel freezer, per poter improvvisare una conversazione se Nancy l'avesse vista parlare con lui. Nancy, in realtà, aveva già notato quell'uomo e si era fatta il suo film. A diciassette anni – quasi diciotto – è quasi inevitabile, e lei era convinta che sua madre se ne fosse innamorata ma che non avesse il coraggio di confessarglielo. Un "amore platonico" di cui aveva discusso solo con Carmelina, e insieme avevano deciso che sarebbe stato meglio non chiedere nulla alla madre. Ma Nancy pensò bene di non ascoltare i consigli dell'amica appena vide Ninella che trafficava nel freezer.

«Noi mamma mangiamo troppi surgelati» le sussurrò con un po' di malizia.

Lei non le rispose, semplicemente la fulminò, e la figlia pensò subito di correggere il tiro dicendo che il pesce più sicuro è comunque quello surgelato, che lo sapevano tutti, e a scuola le compagne erano assai invidiose che loro si facessero portare i cuoricini a casa.

«Basta fare l'ordinazione» disse Ninella guardandola quell'istante di troppo che fece capire alla figlia un sacco di cose. Innanzitutto che non solo sua madre era la padrona di casa, ma la sua parola non si discuteva. E da quando Chiara si era sposata e le aveva lasciate sole, Ninella era diventata ancora più dura.

In realtà, era solo apprensiva. Una volta era entrata in camera di soppiatto e aveva trovato Nancy che guardava la foto gigante di un pene. «Serve per quella di biologia!» aveva provato a difendersi lei, ma le era uscito un acuto così stridulo che si vergognò di essere la voce più bella della Schola Cantorum del paese. In fondo, erano due ragazze in cerca di amore. E se Nancy aveva tutta la vita davanti, Ninella temeva di perdere l'ultimo treno.

La neve riportò entrambe alla realtà. Quando la ragazza si rese conto che quella che vedeva non era pioggia, abbracciò sua madre con un tale impeto che le fece quasi male: «*E muvet*, che è solo neve», ma Nancy si era già affacciata in ciabatte e pigiama alla porta di casa per vedere quanta ne era caduta. Non ebbe però nemmeno il tempo di godersi quella meraviglia, che la signora Labbate era già al suo balconcino pronta a osservare le scarpe dei passanti. Lei, prima delle facce, guardava i piedi, e sapeva dire subito se eri un 42 o un 43 e mezzo e se avevi la pianta larga.

«Hai visto che bella nevicata, signorina? Le tieni le scarpe con la pelliccia?»

Nancy le fece cenno di no e si precipitò a chiudere la porta. Non poteva farsi vedere struccata neppure dalla signora Labbate: lo star system ha certe regole e lei sarebbe diventata l'Aretha Franklin del Sudest barese. Se per caso fosse giunto alle orecchie di Tony che trascurava il make-up, non l'avrebbe più desiderata nemmeno appesa a un palo di lap dance con cinque chili in meno.

Ninella, intanto, era rimasta davanti alla finestra

a cercare un po' di conforto. Alle sue spalle, un alberello circondato da regali si accendeva e spegneva con una certa lentezza.

Zia Dora stava arrivando da Castelfranco Veneto.

Il suo amante stava arrivando per un saluto.

Ma lei non vedeva l'ora che arrivassero le 11.30. Aveva prenotato la tinta da Lucia Coiffeur. Sarebbe stato il primo Natale biondo della sua vita.

2

Nancy non sapeva più a chi dare i resti della sua adolescenza.

Era riuscita ad arrivare alla vigilia di Natale dei suoi diciassette anni ancora vergine. L'unica a saperlo era Carmelina, che aveva superato *il traguardo* da qualche mese con un ragazzo di Fasano conosciuto a Cozze, e dopo una settimana aveva detto addio alla sua illibatezza.

Per Nancy era stata una vera umiliazione, a tal punto che per un paio di settimane aveva fatto pure l'offesa non rispondendo né al telefono, né ai messaggi. Ci era voluto un chiarimento davanti a casa sua, occasione in cui Carmelina – che l'aveva aspettata per due ore – le aveva detto che sarebbe stata disposta a lasciare il suo *fiancé*, come lo chiamava lei, pur di salvaguardare la loro amicizia. E Nancy si era sollevata: aveva capito che quello non era vero amore, altrimenti l'amica non avrebbe mai detto una cosa del genere.

Inoltre si era resa conto che lei avrebbe compiuto quel passo solo quando si fosse sentita veramente pronta. Aveva ancora i traumi del suo primo tentativo, il giorno dopo il matrimonio della sorella. Tony il calciatore l'aveva finalmente portata nel trullo del nonno. Lei si era vestita di nero, perché voleva essere sexy e soprattutto magra, e si era truccata più pesante del solito perché le donne cariche di rossetto, ai suoi occhi, non avevano paura di niente. Per darsi un tono, si era anche bevuta un bicchierino di vodka al melone.

Tony non le aveva nemmeno lasciato il tempo di guardare il trullo – lei lo avrebbe trasformato in una scuola di canto: *The Nancy Casarano Music School* – per passare a quei preliminari che l'avevano reso noto come l'"apripista" più accreditato della zona. Lo eccitava l'idea che tutte si ricordassero di lui e del trullo del nonno, che sicuramente dal paradiso era orgoglioso di un tale discendente: calciatore e seduttore, il massimo cui un maschio possa ambire.

Ma Tony non aveva tenuto in considerazione che Nancy – Annunziata all'anagrafe – non era una ragazza come le altre. Lei, se poteva complicarsi la vita, lo faceva. Così, mentre lui la spogliava lentamente con quelle pause ormai collaudate, l'Aretha Franklin del Sudest barese iniziò a pensare che:

- forse non si era messa il deodorante;

- forse non si era fatta bene la ceretta, per cui aveva le gambe a grattugia;

- forse il suo sedere non era più lo stesso della Pippa Middleton di Polignano.

Tutti questi *forse* si erano trasformati in un'unica certezza: aveva la rigidità di un carabiniere che ha già deciso di farti la multa.

ımpaıata dalle insicurezze si era lasciata spogliare fingendo che il sogno si stesse avverando. E dopo che Tony aveva puntato il naso nelle sue mutandine e lei pensava che ormai il peggio fosse passato, arrivò la prova per cui non era affatto preparata: la penetrazione. Era così tesa che la presunzione dell'"apripista" non fu sufficiente a superare quell'ostacolo. Dopo diversi tentativi lui aveva desistito – «finiamola qua» – senza neanche prenderla troppo male. Si erano sentiti entrambi falliti. Questo aveva reso Nancy incredibilmente più desiderabile agli occhi di lui, che però da quel giorno l'aveva evitata per settimane, arrivando addirittura a fingere di non conoscerla dopo un allenamento. Lei ne aveva fatto quasi una malattia, trovando un'unica via d'uscita: la focaccia "Checco Zalone", con la mortadella dentro.

In poco tempo si era ripresa i cinque chili che aveva perso faticosamente per il matrimonio della sorella e per il suo esordio canoro. Ormai guardava l'abito che aveva indossato nella chiesa Matrice con grande nostalgia. Dopo lo stress del trullo, con l'aggravante di essere rimasta l'unica della sua classe a non aver avuto esperienze sessuali, il cibo era diventato la sua sola forma di consolazione. Ma sapeva che ne sarebbe uscita, perché era convinta che le persone di talento sono sempre aiutate dal destino. E lei, comunque, avrebbe riempito le locandine con la scritta SOLD OUT.

Chiusa nella sua camera, mentre osservava la neve dai vetri, le era venuto un attacco di romanticismo e aveva preso il coraggio di mandare a Tony un whatsapp. Ci aveva messo venti minuti e due telefonate prima di comporre una frase che a lei sembrava di perfezione dantesca:

"Anche se è un po' che non ci sentiamo, buon Natale."

E lui, che pareva non aspettasse altro, si era messo subito a rispondere. Dopo pochi secondi di eccitazione pura – "sta scrivendo... sta scrivendo..." – ricevette ciò che non si sarebbe mai aspettata:

"Ho un regalino per te. Ci vediamo oggi pomeriggio?"

E Nancy si era sentita di nuovo protagonista. Calcolò quante calorie avrebbe potuto perdere non mangiando più fino alle cinque, ma non si sentì rincuorata. Aveva molta più fiducia nei fuseaux. Scelto il look, doveva trovare il tempo da dedicare al make-up senza fare scelte avventate, ma aveva appena sperimentato un nuovo mascara colorato che la convinceva abbastanza.

Ninella entrò in stanza piuttosto nervosa, seccata che Nancy non si fosse ancora presentata per la colazione. La trovò davanti allo specchio che provava sguardi di varia intensità, e non ebbe il coraggio di dirle nulla: era pur sempre meglio trovarla lì che di fronte a un glande ingigantito al computer.

«Si può sapere che fai? *Muvet!*»

«Ma', oggi non ho fame. E poi già abbiamo il pranzo con zia Dora e finiremo alle quattro.»

Conoscendo la cognata, Ninella sapeva che avrebbe fatto di tutto per arrivare prima del previsto, e mai avrebbe voluto vederla mentre era ancora col suo amante della Bofrost. Nel dubbio, disse a Rossano di darsi una mossa e arrivare il prima possibile, frase che lui colse come un messaggio di speranza. Non aveva mai avuto il coraggio di dirlo a Ninella, ma lei gli piaceva più di quanto pensasse. Se n'era accorta anche la sua compagna, che da qualche mese lo vedeva un po' troppo distratto. «Ma è la stanchezza» ripeteva lui. La stanchezza, insieme al mal di testa, è una delle espressioni più pericolose del dizionario amoroso.

Ninella lasciò credere a Nancy che poteva anche saltare la colazione e si precipitò a telefonare a zia Dora, sperando che l'emergenza maltempo frenasse un po' la sua tabella di marcia.

«Siamo in Abruzzo e zero traffico» disse zia Dora con la solita supponenza, «la crisi ha fermato tutti, ma non noi.»

Ninella mise giù, guardò il mare e si bevve un caffè.

Si rassegnò al destino come aveva sempre fatto, con la consapevolezza che ogni tanto le avrebbe portato qualche regalo.

3

Il primo pensiero di Matilde, appena vide la neve, fu che potesse crollare il tetto con le luminarie della sua casa a due piani, uno dei quali condonato. Quella casa che in paese ormai tutti chiamavano il "Petruzzelli" di Polignano. In fondo, quando avevano deciso di espandersi abusivamente in altezza, non si erano soffermati troppo sulle tegole. Avevano perso molto più tempo a scegliere per la facciata lo stesso colore del teatro più famoso di Bari, e ora quella risplendeva grazie alla corona di luci che avevano fatto montare sul cornicione.

Una sirena di allarme li avrebbe comunque avvisati di un eventuale cedimento strutturale. Matilde riponeva la massima fiducia nel sistema di sicurezza della sua casa, considerato soprattutto quanto le era costato. Per non parlare della manutenzione dell'ascensore – erano stati la prima famiglia in paese ad averlo –, che veniva puntualmente revisionato ogni sei mesi.

Appena vide il suo giardino imbiancato, pensò che l'abete di quattro metri fatto arrivare dalla Norvegia ora sembrava un albero come gli altri. Poi, anziché emozionarsi e pensare a quanti anni erano passati da una nevicata così, aveva preso l'ascensore ed era salita in soffitta per controllare che non ci fossero infiltrazioni o cedimenti. Non ci capì molto, ma era convinta che suo marito l'avrebbe tranquillizzata. Era uscito presto come al solito, facendole una carezza che lei aveva fatto finta di non sentire. Sarebbe potuto rientrare di lì a poco, oppure avrebbe chiamato per dire che era rimasto a vedere i suoi campi di patate. Se Matilde era riuscita a tenersi ancora a casa don Mimì, era anche perché non gli aveva mai chiesto: "A che ora ritorni?".

Rassicurata momentaneamente dalla sua ispezione, se ne era tornata in camera, non senza aver prima spostato una pecorella del presepe Thun che aveva allestito nel corridoio. Lo aveva messo in una specie di teca, come se fosse la *Pietà* di Michelangelo.

Da quando aveva scoperto il negozio a Castellana, la sua collezione era aumentata a dismisura, soprattutto con le statuine del presepe. Anche se il pezzo forte non poteva essere esposto, almeno per il momento: il servizio di piatti a tema "uccelli di bosco" che lei chiamava "Uccelli di rovo", come la serie televisiva con Maggie e Padre Ralph.

Era ancora assorta a immaginare i suoi piatti sul nuovo tavolo ovale, quando sentì i passi del marito salire lenti le scale. Da sempre, don Mimì si rifiutava di prendere l'ascensore: «Mica sono invalido» diceva, e non lo usava mai. Matilde stava per allertarlo sui danni che il maltempo avrebbe potuto provocare alla casa, quando lui le sorrise.

«Hai visto che bello? La neve...»

«Appunto. Ancora cade qualche tegola in testa e ci fanno causa.»

Don Mimì non trovò parole per risponderle, se non due occhi tra il rassegnato e il paziente. Ma si sentiva troppo in colpa per quanto la stava trascurando, per cui le porse un pacchetto provando a essere affettuoso.

«Questo è per te.»

«Ma Natale è domani, Mimì... così me lo dai che ci sono tutti a casa di Damiano.»

«Non voglio dartelo davanti a tutti e non è un regalo di Natale.»

«E che regalo è?»

«È un regalo che volevo farti da un po', ma alla fine mi scordavo sempre... poi sono passato dalla Perla Nera e ho trovato questa cosa. Dài, aprilo.»

Dalla forma poteva essere un anello, un paio di orecchini o una medaglietta di san Vito, dato che lei l'aveva chiesta. Qualsiasi cosa per lei andava bene. Niente ti rende felice come il regalo di una persona che pensi non ti ami più. A Matilde sembrò incredibilmente poco romantico scartare quel pacchetto davanti al bue e all'asinello, per cui invitò don Mimì in camera da letto. Si sentì un po' comica a chiedergli di entrare, ma avevano entrambi perso confidenza con quella stanza che era stata testimone di molti disagi. Mentre scartava, e ovviamente non riusciva a sciogliere il nodo del fiocchetto – di quel regalo avrebbe voluto conservare tutto –, pensò che in fondo aveva fatto male ad avere avuto quei cattivi pensieri su suo marito, negli ultimi mesi. Don Mimì spariva più del solito e si assentava soprattutto dalle conversazioni a tavola.

Da quando poi Damiano si era sposato erano mancate pure le cose di cui parlare: la scelta del nome dei tavoli, le letture in chiesa, i dolci da accompagnare alle bomboniere. Sicuramente non potevano parlare di Orlando, l'altro figlio, che dopo quella specie di confessione al matrimonio del fratello aveva pensato bene di starsene quasi sempre a Bari.

Così a Matilde era rimasto un unico argomento di conversazione con suo marito: le polpette. Non era un granché come "argomento a piacere", e certo le polpette non si potevano commentare più di tanto, ma a lei quelle parole bastavano: "oggi sono particolarmente buone"; "ci voleva più prezzemolo"; "qualche volta dovresti provare a farle col pesce"; "la doratura è perfetta". Qualsiasi frase andava bene, purché don Mimì parlasse.

Adesso, però, era lei a non avere più parole quando davanti ai suoi occhi si trovò un anello con smeraldo e brillanti degno di una diva di Hollywood.

«Sai, quest'annata è andata proprio bene con le patate... pure in Svezia le abbiamo esportate» le disse lui per rovinare tutto, ma lei fece finta di non sentire.

Avrebbe potuto regalarle orecchini o la medaglietta di san Vito, invece aveva scelto il sogno di ogni donna: l'anello. Si fece coraggio e provò a dargli un bacio sulla bocca, che lui non solo accolse, ma ricambiò con un impeto che da tempo non aveva sentito. Era vivo. Suo marito era ancora vivo e la desiderava.

Avrebbe voluto dirglielo oppure saltare di gioia dalla contentezza, ma non le venne fuori nulla. Si fece invece strada un prepotente desiderio di rivincita nei confronti della consuocera, che al matrimonio di Damiano si era permessa di ballare col "suo" Mimì, rubandole la scena e gli applausi.

Tra lei e Ninella era giunto il momento della resa dei conti, e la First Lady, come la chiamavano a Polignano, capì che era ora di agire. Doveva darsi una mossa, perché certe occasioni possono non ricapitare più. E la vendetta non è detto che vada servita sempre fredda, a volte bisogna cucinarla subito. Così si convinse che doveva almeno provarci, anche se lei non aveva mai improvvisato una cena in vita sua.

«Mimì, che ne dici se stasera facciamo il cenone qui da noi?»

«Ma stasera c'è la messa di mezzanotte.»

«E che fa che c'è la messa? Siamo sempre andati di domenica... ci andiamo domani, come fanno a Bari.»

«Ma tu non sei mica di Bari.»

«Ma le mie sorelle sì... è da mo' che mi dicono che dobbiamo festeggiare la vigilia, che poi fanno il giro con il Gesù Bambino per tutte le stanze.»

«E poi domani come facciamo, che dobbiamo andare da mia nuora? Non vorrei che si offendesse, che sta preparando da giorni...»

«Ma va'! Vedi che le fa piacere! Chiamiamo le mie sorelle e pure Ninella e facciamo un bel cenone... così usiamo un po' questo salone che ancora dicono che siamo tirchi.»

«In effetti non lo usiamo mai.»

«Dimmi di sì che avviso la donna... dobbiamo subito trovare il capitone.»

Al nome di Ninella, don Mimì aveva avuto uno sbandamento che riuscì a gestire soltanto rimanendo immobile. L'istinto gli suggeriva che non era una buona idea, ma lui non aveva avuto il coraggio di ribattere. E comunque, poter cenare di nuovo insieme a Ninella – anche se davanti agli occhi di sua moglie – era il più bel regalo che potesse chiedere.

Così, senza troppe esitazioni, disse: «E vada per la vigilia alla barese» lasciandosi sfuggire sotto i baffi un sorriso pieno di dolcezza. Quando lo vide, Matilde sentì un brivido lungo la schiena che solo lo smeraldo riuscì a placare. Se lo infilò al dito come un'arma, pensando che ormai non poteva più permettersi di avere insicurezze.

4

Mentre aspettava di vedere se compariva la seconda riga blu sul bastoncino, Chiara si sentì perduta. Non posso avere "la pagnotta nel forno", pensava, ripetendo la battuta di *Grease* che Ninella l'aveva obbligata a vedere.

L'aveva sognato tanto, quel momento, e ora che si stava per realizzare non lo voleva più. Le gioie più grandi sono sempre amiche della paura, perché non siamo in grado di gestirle. Chiara pensò che forse era troppo giovane, che si sarebbe voluta ancora godere la nuova quotidianità accanto al suo uomo, con cui non aveva mai nemmeno convissuto. E poi avrebbe dovuto mollare il lavoro, proprio ora che il mercato immobiliare a Polignano era salito: dopo le puntate di "Beautiful" ambientate su quegli scogli erano fioccate le richieste di acquisto dall'estero.

Erano passati solo pochi mesi dalle nozze, e per

quanto lei e Damiano fossero in preda a grandi slanci tra le lenzuola, mai avrebbe pensato che potessero fare centro al primo tentativo. Conosceva alcune clienti dell'agenzia che ci avevano impiegato anni a riuscirci, e altre che passavano il tempo ad analizzare i calendari aspettando lune e cicli. Chiara aveva però dimenticato che avere figli a venticinque anni continua a essere tendenzialmente più semplice.

"Dài che non compare, dài che non compare, dài che non compare" sperava. Ma senza aspettare un secondo in più, come una vigliacca, aveva preso il test e l'aveva buttato via. Era troppo timorosa del testosterone di casa Scagliusi.

L'unica certezza era la sua amica Mariangela, perciò le telefonò subito dopo essersi toccata con preoccupazione pancia e tette, senza notare nulla di nuovo.

«Innanzitutto devi stare calma... anche se fosse, non è che ti hanno scoperto una malattia.»

«E ci mancherebbe pure! Mariangela, ho venticinque anni...»

«Appunto! Venticinque anni è l'età giusta, che poi sti bambini crescono senza nonni, guarda quelle quarantenni che li fanno troppo tardi. Aspetta un attimo che Pascal mi sta dicendo una cosa...»

«...»

«Sì, secondo lui non è proprio detto che sei incinta. Perché un po' di ritardo nel ciclo ci può stare, magari sei nervosa. Quando sei calma rifai il test, oppure ti devi fare vedere da un ginecologo... Pascal ne conosce uno bravo, un primario... gli trucca sempre la moglie.»

«Ma gliel'hai detto anche a lui?»

«È qui! Per forza che ha sentito... dobbiamo ancora comprare un regalo per mia suocera che stasera siamo tutti a Bari da lei... vuoi che te lo passi?»

«No, no, lascia perdere.»

«Tanto stasera mi passa a prendere a Polignano e poi ti veniamo a trovare che non so poi domani come stai messa che devi cucinare per tua suocera...»

«Non me lo dire che mi viene da vomitare...»

«Allora sei incinta!»

«...»

«Cioè, non è detto... a volte la nausea è una reazione psicologica al fatto che tu hai paura di essere incinta... Chiara, ci sei?»

«Sì sì, ci sono... *Vabbù*, ci sentiamo dopo. Che faccio, glielo dico a Damiano?»

«Aspetta un attimo che chiedo a Pascal... che è un uomo.»

Da quando si era messa insieme al truccatore della sua amica, Mariangela non riusciva più a prendere una decisione senza consultarsi con lui.

«Lui dice di iniziare a testare con qualche battutina... e se non sembra dell'idea non gli dire niente... tanto pensa che secondo lui è un falso allarme.»

Chiara mise giù convinta che Pascal avesse ragione: ci sono persone che hanno le risposte giuste nel DNA, e lui in fondo non aveva mai sbagliato un colpo. Era stato Pascal a rendere il suo matrimonio indimenticabile, a tal punto che solo in pochi l'avevano criticata. Ma a parte il maestrale – "Se non ci fosse stato il vento" – per tutti era stata una festa riuscita, con tanto di colpi di scena, trenini, pettegolezzi e crudo di mare. Il crudo di mare era stato per mesi il fiore all'occhiello di sua suocera, che aveva offerto il pranzo. Le poche volte che si erano viste, glielo aveva ribadito.

Chiara si sedette sul suo bidè quadrato – bello, ma scomodissimo – e rimase a fissare le piastrelle davanti a sé. In fin dei conti, se anche fosse stata incinta, sarebbe stato solo un rito di passaggio: come il primo giorno di scuola, il primo brufolo, la prima sbronza, il primo Magnum Bianco. Non sarebbe poi stata una tragedia, ma qualcosa non la convinceva del tutto. Avrebbe avuto la responsabilità di crescere un'altra vita e non si sentiva pronta, né era certa che Damiano potesse essere il padre adatto.

Forse, però, non era il momento giusto per conoscere la verità: il giorno dopo avrebbe avuto a pranzo tutta la famiglia del marito oltre a sua madre, sua sorella e zia Dora, e aveva paura di non riuscire a fare bella figura, anche se Damiano aveva comprato un albero gigante che occupava mezzo salone. Aveva studiato un menu ad hoc di Benedetta Parodi – "Stupisci la suocera!" – ma temeva che non fosse sufficiente. E poi non voleva scomodare sua madre, soprattutto perché ultimamente Ninella era troppo presa. Il lunedì andava all'Università della Terza Età, dove si era fatta un piccolo giro di amiche tra lezioni di Psicologia, Storia, Giornalismo e Sessuologia. Il mercoledì frequentava un corso di tango alla Cris & Pier Academy: dopo il ballo con don Mimì alle nozze di sua figlia, aveva capito che non avrebbe potuto essere così goffa se un altro uomo l'avesse invitata in pista. E infine, per dare l'ultima scrollata a un'esistenza troppo chiusa in se stessa, aveva pensato di farsi bionda. Dopo essere riuscita a strappare un assenso telefonico a zia Dora e uno alla signora Labbate dal balcone, si era definitivamente convinta.

Per il pranzo di Natale, quindi, Chiara se la sarebbe dovuta cavare da sola. Oltre a Mariangela-Pascal, si era fidata dei forum online, dove altre sposine si scambiavano consigli su come conquistare la suocera al primo invito importante a casa: darle ragione; non provare a imitare la sua cucina; guardarla negli occhi quando ti parla; farle credere che ti sarebbe piaciuta come madre; dire che il figlio parla sempre delle sue pietanze e, soprattutto, pulire bene il bagno.

"Oltre ai vostri piatti, quello sarà il suo momento di valutazione perché controllerà tutto, dalla rubinetteria all'ordine dei cassetti, per cui dovrete avere un bagno impeccabile" scriveva Mrs Right.

Chiara fece sparire immediatamente il test di gravidanza come se fosse l'arma di un delitto, diede un'altra lucidata allo specchio, provò a mettersi un sorriso e tornò in salone, dove suo marito stava ancora fissando il caffè.

«Hai visto che bello? Nevica...» provò a dire lei per togliersi dalle preoccupazioni, ma lui pensava solo a suo cugino Cosimo, che da settimane gli ripeteva: "Smettila o ti rovini". La sera prima, a carte, aveva perso millecinquecento euro in meno di due ore: «Il segreto del poker è trovare il pollo da spennare» gli aveva detto Cosimo, e Damiano pensava tutto fuorché il pollo potesse essere lui. Ricevere un ottimo stipendio dal padre gli aveva affievolito la percezione del denaro, ma perdere così tanto in poche ore non era stato piacevole neanche per lui.

«Che c'è, è andata male la serata? Stai giocando troppo ultimamente.»

«M...»

«...»

«M...»

«...»

«Ma che dici? Ho fatto quasi pari.»

«L'ultima volta che hai fatto quasi pari avevi perso cinquecento euro.»

«Erano quattrocentocinquanta...»

«*Vabbù,* quattrocentocinquanta. Forse sarebbe il caso che ne parlassi con tuo fratello.»

«Piantala mo', eh... che domani vengono tutti qua, ancora esce fuori la questione. Vuoi che metta qualche altra lucina in balcone?»

«No, mi pare che siamo già abbastanza addobbati.»

«Vuoi che chiedo a mia madre se ci presta la donna per darti una mano?»

Chiara lo guardò con un'improvvisa delusione. L'uomo che ti dice "Se ci presta la donna" può diventare il padre di tuo figlio?

«Amore, scherzavo... non ti offendere. Tu per me cucini da dio, l'ho capito da quella pasta al pomodoro... ti ricordi?»

«Ma sapeva solo di peperoncino!»

«Il peperoncino è bastardo... se non lo conosci, ti rovina il piatto. Ma a me quella pasta era piaciuta assai... solo non vorrei che ti stancassi troppo per domani. E allora perché non ci facciamo dare una mano visto che possiamo?»

Chiara pensò che forse quello poteva essere ancora il padre di suo figlio: carattere scostante, a volte un po' fesso, ma in fondo era buono e si prendeva cura di lei. E a letto era un mago. Le donne sono sempre disposte a perdonare più degli altri gli uomini che sono bravi a letto. Così aveva chiuso più di un occhio quando Damiano era andato a giocare a calcetto ed era tornato con un profumo che non gli aveva mai sentito. Ma è sempre meglio un dubbio di una triste verità, quindi non aveva indagato. Quei pensieri vennero bruscamente interrotti da una telefonata di sua suocera sul cellulare di Damiano. Lui aveva provato a desistere, a temporeggiare, ad argomentare, a ringraziarla dell'aspirapolvere, a passarle sua moglie per farle cambiare idea, ma la First Lady era stata irremovibile. Così mise giù sbuffando, e a testa bassa comunicò il verdetto:

«Mamma ha deciso che stasera facciamo il cenone da lei, e ha detto di invitare pure tua madre, tua sorella e gli zii pure, se vuole...»

«Ma li aspettiamo tutti a pranzo qui domani! Sto imparando pure a fare il brodo senza dado!»

«Infatti domani torniamo a pranzo qui, quello è confermato. Ma dice che stasera ci tiene che siamo a casa, come fanno a Bari.»

«Ma lei mica è di Bari!»

«*Ce tagghie a dic(e)...* sai com'è mia madre quando si fissa.»

«E tu le hai detto sì?»

«Ricordati che ci ha appena regalato il Folletto.»

«Ho capito... le hai detto sì. Ma mia madre lo sa?»

«No, dice che è meglio se Ninella la inviti tu, che lei non si osa tanto.»

Damiano non ebbe il coraggio di aggiungere altro. Si sentiva una pedina con poco coraggio, così come le poche volte in cui l'aveva tradita. Più per leggerezza che per cattiveria, senza mai andarsele a cercare. Ma quando la sua ex, ogni tanto, si faceva viva, a lui pareva brutto dirle di no, così le dava il contentino, senza mai rendersi conto che rischiava il matrimonio. Quel giorno però anche Chiara si sentiva una pedina con poco coraggio. Guardò il suo primo albero di Natale e le parve troppo grande per le dimensioni del salone. Sotto, aveva già messo tutti i regali che aveva preso per tempo e che si sarebbero scambiati prima di pranzo. Solo l'orologio Dolce&Gabbana scelto per Damiano l'aveva tenuto nascosto in camera, per evitare che lo scoprisse.

Lui si avvicinò e le diede un bacio, e lei pensò che non aveva mai contato così poco, nella vita, come in quella mattina di dicembre in cui forse aveva scoperto di essere incinta.

5

Ninella era l'unica che, dopo il matrimonio di sua figlia, aveva perso qualche chilo. Gli altri erano ingrassati tutti ad eccezione di Orlando, che si era mantenuto stabile grazie alla kick boxing. Quelle nozze sembravano aver inaugurato per entrambi un cambiamento del metabolismo: Ninella, in particolare, mangiava un po' meno e soprattutto aveva scoperto le verdure a vapore, che chiedevano poco olio e le davano la sensazione di fare qualcosa di sano. Subito dopo si fumava una sigaretta, ma era convinta che quattro sigarette al giorno non potessero fare male a nessuno. E poi le lezioni di tango la tenevano in movimento, anche se stava ancora imparando i passi base. Era il giorno della settimana che preferiva, perché l'insegnante argentino era proprio simpatico e chiamava quasi sempre lei per mostrare l'esercizio. Sentire che c'era un uomo che sapeva dove portarla, anche se solo per un'ora alla settimana, era una certezza che le dava speranza.

Ogni tanto si ritrovava in camera a provare qualche movimento da sola, ma la nevicata di quella mattina l'aveva resa un po' nostalgica, e non le era venuta voglia né di ballare, né di fumare.

Nancy, nel frattempo, aveva chiamato Carmelina con la scusa della neve, anche se in realtà voleva sapere come era andato l'incontro con il suo *fiancé* – faceva il liceo linguistico – che voleva iniziarla al sesso orale. Le due avevano fatto il patto "ammazzavergogna" in cui si sarebbero confessate ogni dettaglio sessuale, con la promessa che quelle parole sarebbero rimaste nei loro cuori anche dopo una lite, che era sempre dietro l'angolo.

Ninella un po' aveva intuito il dramma di sua figlia: aveva ascoltato qualche conversazione dietro la porta della camera, e aveva realizzato che Nancy era l'unica della classe a non aver avuto certe esperienze. In cuor suo ne era contenta, ma le dispiaceva che la figlia si sentisse inadeguata rispetto alle compagne. Per cui negli ultimi mesi era stata molto più permissiva sulle sue uscite, facendo meno domande e cercando di apparire più sorridente.

Rossano la chiamò dicendole un po' ansioso che la neve aveva rallentato i suoi spostamenti, ma con il furgone a quattro ruote motrici ce l'avrebbe fatta a raggiungerla a breve per un saluto e una "finta consegna".

Ultimamente, le sue visite si erano fatte così ravvicinate che la signora Labbate aveva capito tutto, ma si era schierata dalla sua parte, addirittura inventandosi che Ninella prendeva le patate Ziggy anche per altre persone del vicinato, cui le distribuiva a sua volta. Era una balla grossolana, ma conoscendo tutti la potenziale cattiveria della signora Labbate, se diceva in quel modo sicuramente diceva la verità.

In realtà la signora aveva capito che voleva diventare amica di Ninella, perché era la donna che le sarebbe piaciuto essere: noncurante dei giudizi degli altri, coraggiosa, sexy e libera. Certo, era vedova ed era malvista – nonostante andasse regolarmente a portare fiori sulla tomba del marito –, ma dopo il matrimonio di sua figlia, Ninella aveva smesso di farle la guerra ed erano diventate molto più complici. Questo aveva fatto bene a entrambe, che ora sorridevano più spesso, e a volte i vicini le sentivano confabulare tra le chianche del centro storico.

Anche se non ci teneva così tanto a Rossano, l'idea che venisse solo a salutarla l'aveva lusingata, così cercò di dare un senso alle ultime ore dei suoi colpi di sole. Li raccolse in una specie di treccia mettendoci più del dovuto, ma all'occhio sembrava che l'avesse fatta in cinque minuti. Quando lui bussò alla porta, Ninella ebbe un piccolo sussulto. Trovò il suo uomo Bofrost infagottato dentro un piumino, le gote rosse di freddo e i guanti che reggevano una busta di plastica. Le venne quasi voglia di abbracciarlo, ma si frenò.

«Ti ho portato questo.»

«E che è?»

«Scusa se te l'ho messo qui dentro... non volevo dare nell'occhio, Ninè, così l'ho nascosto dentro un sacchetto. Tieni... buon Natale.»

Ninella non trovava le parole ed era intimidita. In genere le loro conversazioni erano piuttosto meccaniche: lui arrivava con cuoricini, francesine, e chili di patate Ziggy. A volte, se riusciva, le regalava di straforo qualche pizza Nord-Sud, anche se un paio di volte le aveva pagate di tasca propria. E mentre lui compilava la bolla, lei metteva su la moka con il caffè. Quando lo avevano finito, come in un rituale da combattimento, lui iniziava a baciarla e la portava in camera da letto, dove lei si concedeva più di uno sfizio che le alleggeriva la tensione. Durante il sesso chiudeva ogni volta gli occhi e s'immaginava don Mimì. Lui invece li teneva bene aperti e la guardava, orgoglioso e fiero, cosa che non faceva più a letto con la sua compagna.

Quando il tempo finiva e si rivestivano – Rossano, purtroppo, doveva lavorare –, lei si sentiva un po' in colpa per aver tradito il suo grande amore, ma allo stesso tempo era felice per esserci riuscita. Non aveva un particolare coinvolgimento emotivo nei confronti di Rossano, anche se le era simpatico, e in questo era una donna abbastanza atipica rispetto a quelle che conosceva.

Era convinta comunque che sul sesso le donne non dicessero mai la verità: "Solo il letto le conosce bene le donne" pensava. La visita di quell'uomo l'aveva però colpita. Provò a chiedergli se gli piaceva ballare, e quando lui disse che il suo albero di Natale si sarebbe mosso meglio, a lei venne da sorridere, e pensò che fosse giunta l'ora di cambiarlo. Ma era il suo albero da una vita e gli voleva bene così.

Fuori nevicava – il clima ideale per fare l'amore – ma con Nancy nei paraggi non avrebbero potuto combinare granché. Rossano quel giorno voleva però dimostrarle solo quanto ci teneva, anche se era troppo impacciato per essere chiaro: «Aprilo, dài!» le disse invitandola a scartare il pacchetto.

Mentre scioglieva il nastro, Ninella sentì che forse avrebbe dovuto comprargli anche lei qualcosa. Non volendo illuderlo, non l'aveva fatto, e ora un po' se ne pentiva.

Dentro, trovò una collana di perle turchesi molto diversa da quella che aveva indossato al matrimonio di sua figlia. Ogni tanto, quando si sentiva troppo triste, la rimetteva al collo per tirarsi su, e non voleva mai che Rossano gliela toccasse.

«So che il rosso è il tuo colore preferito...»

«...»

«Ma quando ho visto questa ho pensato a te.»

«Perché?»

«Perché è bella.»

«...»

«Così, ogni tanto te la metti al posto di quell'altra e pensi a me.»

Glielo disse facendosi coraggio e Ninella colse tutta la profondità di quell'allusione. La collana di coralli, oltre a un pomeriggio d'amore in mezzo agli ulivi, era l'unica cosa che le restava di don Mimì. Dopo il matrimonio di sua figlia, non si erano quasi più visti. Lui l'aveva cercata ancora, senza troppa insistenza, e una volta era riuscito a convincerla a vedersi nuovamente di nascosto a Cala Paura. Ma lei, dopo aver accettato, all'ultimo aveva cambiato idea. Aveva già rischiato la prima volta, e ne conservava un ricordo così bello che non voleva rovinare tutto. Ripetere i momenti magici della vita comporta sempre troppi rischi, così aveva spento il telefono ed era rimasta nella sua cucina piena di piatti, di luce e di mare. Era stata ferma un'ora, come anestetizzata. A un certo punto, quando aveva sentito che era sul punto di scoppiare in lacrime, si era messa a pulire i vetri.

Da allora, don Mimì non l'aveva più cercata, e lei si era sforzata di scansare il suo sguardo anche alla messa della domenica. Solo per la festa di San Vito non aveva potuto evitarlo, anche perché a Polignano avevano iniziato a dire che le loro famiglie erano ai ferri corti. Così, complici Chiara e Damiano, i due clan si erano ritrovati a mangiare un gelato nella stessa piazza. Erano arrivati anche zio Modesto e zia Dora – "Solo qua in meridione date tutta questa importanza ai santi!" – e si era presentato anche Orlando con la sua finta fidanzata, Daniela, anche se ormai tutti avevano capito che si trattava solo di un'amica. Mentre se ne stavano stipati a guardare l'ascensione del santo, don Mimì aveva allungato la mano e aveva cercato quella di Ninella. Lei gliel'aveva stretta qualche istante senza opporre resistenza.

In quel piccolo gesto c'erano le lacrime che lui aveva versato di nascosto, e che lei non avrebbe mai immaginato. Non si erano dimenticati, e questo li aveva resi entrambi un po' più euforici durante i festeggiamenti sotto l'Orologio. Solo zia Dora, che anziché guardare san Vito si guardava intorno, aveva notato quel momento d'intimità, ma aveva fatto finta di niente, almeno lì per lì, anche se molte cose le erano state di colpo più chiare. Da allora, non avrebbe più guardato sua cognata con gli stessi occhi.

«A che pensi, Ninella?»

«Eh?»

«Non ti piace la collana? Guarda che la signorina mi ha detto che si può cambiare... è solo di bigiotteria, sai, non è che posso spendere tanto. Ma ci tenevo a farti un regalo.»

«E perché?»

«Perché mi piaci assai. Ti lasci fare, sei generosa,

e le persone generose a letto sono belle anche nella vita. Scusa se ti sembro un po' sfacciato, ma è la verità. E non pensare che abbia un'amante in ogni paese dove faccio le consegne.»

«E la tua compagna, non è generosa a letto?»

«Lo era, e lo sarebbe. Ma noi uomini siamo brutta gente. Siamo bambini, ci stufiamo, e non abbiamo manco il coraggio di provare a cambiare le cose. Fate bene voi a lasciarci.»

A Ninella venne spontaneo dargli un bacio in bocca, con la lingua. Rossano l'accettò con le labbra morbide e lente di chi, per una volta, non vuole avere fretta. Quando il bacio si fermò, lei scoppiò in un pianto silenzioso, e lui ebbe la pazienza di aspettarla. Non le fece domande, né proposte. Restò zitto qualche minuto, facendosi un giro per la stanza.

A un certo punto le disse: «Non me ne vado di qua finché non mi farai un sorriso».

6

A Bari era nevicato un po' meno. La neve si era mischiata alla pioggia creando una poltiglia sulle strade che rendeva più complicata la corsa agli ultimi regali.

Alcune signore, in realtà, non vedevano l'ora di tirare fuori le pellicce che, dopo le varie ondate animaliste, erano tornate in auge, e quindi "perché lasciare a casa quella volpe argentata?". Così, più che a Bari, quella mattina sembrava di essere a Cortina d'Ampezzo. Le più convinte, a dir la verità, avevano già prenotato la settimana bianca subito dopo il Natale con tanto di maestro di sci, perché è inutile indossare una tuta termoriflettente se poi vai a spazzaneve. Orlando le osservava, mentre passeggiava su corso Cavour dopo aver salutato la sua nuova fiamma, Enzo: magazziniere, eterosessuale, fidanzato, insospettabile, focoso. Come piaceva a lui. Dopo l'Innominato, che dal giorno del matrimonio di suo fratello era completamente sparito, aveva cercato di buttarsi in nuove esperienze, ma sempre faticose: ci sono persone che, in amore, cercano solo storie difficili. Orlando era il loro portabandiera.

E mentre si crogiolava nel dubbio di cosa potesse regalargli senza che la ragazza di Enzo – che lui gli aveva pure presentato – s'insospettisse di un dono troppo personale, sua madre pensò bene di convocarlo a Polignano per la cena "barese", come l'aveva ribattezzata lei.

«Ma tu non sei barese, ma'!»

«Ma che c'entra! Le mie sorelle mi dicono che è sbagliato festeggiare solo il 25, come facciamo noi... in fondo è anche un'occasione per rivedere tuo fratello e tua cognata, che ci tengono tanto a te.»

«Infatti ci saremmo visti da loro domani.»

«Lo so, ma dobbiamo festeggiare! Devi vedere che anello mi ha fatto tuo padre stamattina... lo smeraldo! Quello è *pacc'(ie)*!»

«Si sarà sentito in colpa.»

La frase giunse come una fucilata, ma Matilde ebbe la sensazione di non aver capito bene.

«Come?»

«No, dicevo: chissà quanto costa... intendevo... l'anello...»

«*Assè*, Orlando, *assè*... devi vedere che finezza. Ha

preso pure un mio anello per farlo uguale... *e capeit 'u fatt?* Ah, e poi mi è venuta un'idea.»

Quando Orlando sentiva che a sua madre "era venuta un'idea", gli prendeva subito male.

«Dimmi mamma.»

«Che ne dici di fare i menu personalizzati?»

«In che senso?»

«Sarebbe bello che scrivessimo a mano i menu per gli ospiti, con tutte le portate descritte bene, così gli resta anche il ricordo della serata.»

«In effetti... chi non vuole tenere a casa un menu-ricordo?»

«Vero? Sapevo che l'idea ti sarebbe piaciuta! E visto che hai una calligrafia così bella, vorrei che li scrivessi tu. Quindi trova dei bei fogli, carta di riso, pergamene... scegli tu che hai gusto! Poi arrivi un po' prima e li scrivi, tanto siamo solo undici. Stiamo ancora decidendo se mettere o no il supplì con la cozza dentro.»

«Ma dici sul serio?»

«E che, sto a perdere tempo la vigilia di Natale? *Muvet*! E attento che qui sta nevicando. Poi facciamo i conti per bene, ma non badare a spese che ci tengo. Prendi i più belli!»

«Ma mamma, veramente...»

«Orlando, senti a me. Anche tuo padre è d'accordo sui menu, e ci terrebbe tanto che ci pensassi tu. E domani ti ha preparato anche una bella busta, vedrai...»

Matilde sapeva benissimo quanto faceva effetto usare don Mimì per farsi obbedire dai suoi figli. Anche perché, in caso contrario, c'era velatamente la minaccia di essere cancellati dall'eredità. Davanti ai soldi, anche i lottatori più puri depongono le armi. In fondo cosa gli sarebbe costato scrivere a mano undici menu?

E mentre Matilde cominciò ad appuntare su un notes l'elenco delle portate, Orlando chiamò suo fratello che, senza balbettare, gli confermò *'u fatt* di quella cena imposta. Nel loro sfogo telefonico ritrovarono un po' di confidenza, e questo aiutò entrambi a smorzare la scocciatura.

Ai loro occhi fu subito evidente che fosse uno sgarbo nei confronti di Chiara, che non si meritava un trattamento simile: «Ha pure imparato a fare il brodo senza dado» disse Damiano per difenderla, e Orlando pensò che il brodo è più calorico di quanto si creda. Entrambi furono d'accordo che si trattava comunque solo di un cenone di Natale, che gli permetteva pure di saltare la messa di mezzanotte: loro la vivevano sempre con un po' d'insofferenza, quindi non gli era andata così male.

La più dispiaciuta, anche se cercava di nasconderlo, era Chiara, che si ritrovava in mezzo a un mare di preoccupazioni senza sapere che fare, mentre la neve sembrava scendere sempre più copiosa. Un messaggio sul suo telefono le fece fare un piccolo balzo nel tempo riportandola in vita:

"Non ci crederai ma sono a Polignano e... ho i tuoi provini!!! Ci sei per un caffè?"

Vito Photographer, che nelle ultime settimane non aveva quasi mai risposto al telefono, aveva finalmente i provini che lei aspettava da lunghi, interminabili mesi. Aveva provato a sollecitarlo in tutti i modi: con la simpatia, con l'aggressività, scegliendo una tecnica ora attendista ora insistente. Finalmente l'incubo era finito. Un lampo di luce le brillò negli occhi, e per un attimo si scordò di tutto: del test di gravidanza, della suocera, del brodo, del flirt con lui alla vigilia delle nozze. La fiaba che aveva sognato finalmente poteva essere raccontata, perché non esiste matrimonio senza foto, e a lei non potevano bastare quelle che Mariangela aveva postato su Facebook.

Chiamò subito Vito e gli diede appuntamento al bar in piazza dell'Orologio, così sarebbe stata più comoda per andare da sua madre: non se la sentiva di avvisarla al telefono del cenone dalla First Lady, meglio comunicarglielo di persona.

Rivide lo stesso bar dove avevano preso il loro caffè galeotto, ma in un'atmosfera talmente nuova che anche lui gli sembrò una persona diversa. Più tranquillo, più sereno, senza quella malizia che l'aveva conquistata. La neve strideva sotto i piedi dei passanti e i bambini avevano già iniziato a prendersi a pallate.

La gioia di avere finalmente i provini fece passare a Chiara la rabbia che aveva in corpo per la lentezza nella consegna. Anche se era stato proprio il flirt con lui a renderla particolarmente mansueta, perché sapeva che sarebbe stata sempre ricattabile.

Si salutarono con due baci e un sorriso, commentando inevitabilmente la nevicata: «Per noi poeti dell'immagine, una giornata così è speciale» le disse Vito con la solita boria, e lei non ebbe il coraggio di ridergli in faccia. Risero invece del fatto che, per una volta, non gliene poteva fregare di meno di che tempo facesse.

«Ma non hai paura di sbandare con la macchina?»

«Scherzi? Ho le gomme termiche... sto sempre in giro per reportage di un certo tipo, sai com'è.»

«Immagino. E la tua ragazza?»

«Tutto a posto. Sta a casa, mi prepara, mi aspetta... sai, vivere con un artista non è facile. E a te come va, Chiara? Hai una pelle bellissima...»

Lei andò di colpo in paranoia. Non era incinta, non era incinta, non era incinta.

«Deve essere la cera di Cupra che mi ha passato mia madre.»

«Ma non ne hai bisogno, ragazza. Tu tieni vent'anni. Tuo marito si sta comportando bene?»

«E ci mancherebbe, ci siamo sposati da poco! Allora, ste foto? Come sono venute?»

«Guarda, sono belle assai. Quel Pascal che ti ha truccato avrà anche rotto le palle, ma tu stai un amore... Mo' tra poco devo andare, che altrimenti a Noci non ci arrivo più, con tutti questi che non sanno mettere le catene... ma ci tenevo a farti questo regalo prima di Natale, per dirti quanto mi ha fatto piacere incontrarti e lavorare con una professionista come te.»

Era la prima volta che la chiamavano "professionista" in vita sua. Non capì se fosse un complimento o se le stesse dando della zoccola.

«E scusa ancora per quel fatto...»

«Tranquillo, Vito, ne abbiamo già parlato *di quel fatto*. Siamo umani, può capitare di fare fesserie. Ma hai visto che Giancarlo Showman è andato a "Italia's Got Talent"?»

«E come no? Da allora ha cambiato numero, nessuno lo trova più, dice che mo' bisogna parlare con l'agente.»

«Ma anche per partecipare ai matrimoni?»

«Per tutto! Hai avuto occhio tu a sceglierlo... devi vedere la fila di gente che lo vuole!»

«Sono contenta, se lo merita. Lui ci ha sempre creduto.»

A Vito scattò un attimo d'invidia e provò a cambiare discorso.

«Ecco qui i provini, poi te li scegli con calma... intanto ti ho stampato due foto.»

Chiara aprì una busta chiusa con grande attenzione. Dentro, due immagini di un giorno che non era ancora sparito dalla sua mente. Nella prima, lei e Damiano erano scoppiati a ridere in piazza San

Benedetto in un modo così spontaneo che il sorriso le tornò sul volto.

Quando vide l'altra, la sua espressione cambiò drasticamente. Sua madre era abbracciata a don Mimì mentre ballavano *Ninella mia*. Ninella aveva gli occhi persi nel vuoto e mostrava un imbarazzo che non le aveva mai visto. Lui invece trasudava sicurezza e le appoggiava la mano dietro la schiena come se non volesse farla scappare più.

«Tua madre ci teneva tanto a questa foto.»

«Come lo sai?»

«Mi chiese di vederla nella macchina fotografica... era stato un ballo così intenso che sembrava quasi strano... te lo ricordi?»

Chiara non l'avrebbe mai dimenticato.

«Sì, è stato un momento un po' particolare... grazie, a mamma farà sicuramente piacere.»

«A tua madre non farà piacere. Questa foto la renderà felice.»

Dopo qualche istante, Vito disse che doveva ancora comprare un completino per la sua ragazza e si dileguò tra i tavoli affollati di gente in cerca di cappuccini e calore. In realtà, sparì perché non aveva le gomme termiche, anche se avrebbe tanto voluto comprarle. C'è gente che le gomme termiche se le sogna!

Chiara restò da sola con il fondo del suo espressino chiaro, emozionata e perplessa, in compagnia di un plico di provini che non aveva ancora il coraggio di scartare.

7

A metà mattina smise per un po' di nevicare.

L'unica nota di colore, in piazza dell'Orologio, erano le persiane delle case. I camini fumavano e l'abete davanti alla chiesa Matrice scintillava di luci mai spente. Chiara si guardò intorno, e per un attimo cercò di fare pulizia nella sua testa. Non pensò né al suo primo test di gravidanza, né a suo marito, né a sua madre, né alla cena non prevista di quella sera. Pensò solo a quanto era bello essere lì, circondata dal bianco, in un giorno così speciale, mentre le radio dei negozi trasmettevano George Michael che cantava *Last Christmas*. Sentì i piedi bagnati e capì di non avere le scarpe adatte. Ma non le importava più di tanto: le piaceva affondare i passi dove la neve era ancora intatta, e pazienza se si sarebbe raffreddata. Pur non volendo, le tornò però in mente il test di gravidanza e cercò subito di mettere al riparo i piedi. Quella fu la prima volta che sperimentò l'istinto materno.

A passi lenti, facendo qualche pausa, arrivò a casa di sua madre.

La trovò lì fuori, dentro un piumino sbottonato, la treccia che spuntava dal cappello. Fumava con gli occhi persi nel vuoto. Aveva visto Ninella in quel modo solo il giorno prima delle sue nozze. Lei, appena notò sua figlia spuntare al fondo del vicolo, ricordò subito com'era fatto un sorriso. Si era addolcita, negli ultimi tempi, e Chiara l'aveva sentita vicina anche se non si erano più fatte grosse confidenze. Fu in quel momento che la signora Labbate, con la scusa di sistemare il Babbo Natale che si arrampicava alla sua finestra, aprì definitivamente le persiane.

«Allora, quando glielo vogliamo regalare questo nipotino a Ninella?»

Chiara sentì un tale vuoto d'aria che perse l'equilibrio rischiando di cadere insieme ai suoi provini. Quel gesto la tolse dall'imbarazzo della risposta, anche perché sua madre spense subito la sigaretta e si avvicinò per aiutarla.

«C'è tempo, signora Labbate. E che, devo diventare nonna già mo', che ho appena compiuto cinquant'anni?»

«Io glielo dico da nonna, signora Ninella. La vita da nonna è tutta un'altra cosa.»

«Lo immagino, signora, lo immagino.»

«Chiara, ricordati che se vuoi delle scarpe antiscivolo mio figlio te le procura anche senza che te ne vai a Monopoli... ti faccio mettere da parte un 37. E ti tratta bene come fa con tua madre.»

«Grazie signora, ma dovrei averne un paio a casa.»

Mentre lo disse, scivolò di nuovo.

«Ancora cadi, signorina!»

Ninella pensò che, per quanto ormai fossero diventate amiche, la signora Labbate un po' gliele tirasse, le piccole sfighe. Anche se lo faceva solo per aiutarla a risolvere i problemi. Ci sono persone che amano i problemi solo perché si divertono a risolverli: la signora Labbate era una di quelle.

Le due provarono a ritirarsi in casa, ma l'altra le tenne ancora sulla porta per sapere come si sarebbero vestite per la messa di mezzanotte. E mentre Ninella stava per dare una risposta delle sue, Chiara disse che forse ci sarebbero state sorprese, accendendo a dismisura la fantasia della signora Labbate che, come loro chiusero la porta dietro di sé, iniziò a sussurrare dalla finestra che secondo lei Chiara era incinta.

Sul tavolo della cucina c'erano ancora tracce del regalo di Rossano, e un biglietto quasi abbandonato che Ninella aveva lasciato lì: "Buon Natale, donna speciale. Ross".

La collana, invece, aveva deciso di metterla subito, senza pensarci troppo. Quel bijou raccontava molto della vita che l'aspettava: bella, ma non indimenticabile.

«Che fortuna che ti ho trovato qui nella nostra casetta... per la fretta di uscire mi sono scordata il telefono.»

«E che avevi per la testa?»

«I provini, ma', i provini! Vito Photographer mi ha consegnato i provini... era una vita che gli stavo appresso e si è svegliato mo'...»

Ninella non parlava, e anzi sognava un'altra sigaretta.

«Mi ha anche stampato un paio di foto per farsi perdonare, e in una ci sei tu.»

«Che foto?»

Chiara aprì in fretta la busta, come se si dovesse togliere un peso di dosso. Sua madre non ebbe il minimo dubbio di cosa stava per vedere, e si fece coraggio guardando il suo alberello.

Erano mesi che aspettava quel momento. Voleva almeno un ricordo del suo amore, perché piangere davanti a una foto fa un po' meno male. Prima di guardarla si sciolse la treccia, prese tempo e cercò di rilassarsi. Non voleva avere cedimenti davanti a sua figlia, che pure sapeva, anche se non le aveva più fatto domande.

Quando finalmente si vide vestita di rosso, mentre ballava timida con don Mimì, capì che il suo cuore non era cambiato di un battito. L'accarezzò con le dita, come se il tatto potesse restituirle quell'uomo. A nulla era servito provare a dimenticarlo, smettere di rispondere ai suoi messaggi, iscriversi all'università e al corso di tango. I primi mesi di strategia si erano dissolti davanti alla statua di san Vito, quando per un attimo si erano di nuovo dati la mano.

Chiara non parlava e cercava di non incrociare gli occhi di sua madre, per non imbarazzarla, ma l'ammirava profondamente. Non avrebbe mai avuto la sua forza e il suo coraggio, e ne era consapevole. Ninella, che continuava a guardare la foto, riuscì a non piangere e pensò che non avrebbe mai più indossato la collana di Mimì. Dimenticare è un esercizio doloroso, bisogna essere molto disciplinati e a volte non basta. Decise quindi di tenere al collo le perle turchesi appena ricevute – dimenticare è anche credere nel futuro – e anzi le mostrò a sua figlia dicendo che "era il pensiero di un amico", lasciando intuire qualcosa. Lo fece soprattutto per chiudere col passato e fugare ogni sospetto dalla testa di sua figlia: una relazione col consuocero le avrebbe causato più di un problema. Chiara mostrò una faccia sorpresa ma non ebbe il coraggio di chiedere di più: non si deve mai diventare troppo amici dei propri genitori.

Rimasero così qualche minuto a cercare di distrarsi, parlando di parenti, del regalo di Nancy e di tinture per capelli. E proprio mentre Ninella stava per confidare a Chiara una certa paura del biondo, sua figlia se ne uscì tutta d'un fiato con la cena in arrivo quella sera dalla First Lady.

«Come sarebbe la cena stasera, che abbiamo già il pranzo domani?»

«Lo so, ma mia suocera dice che ci tiene assai... che si è fatta il servizio nuovo della Thun e vengono le sue sorelle.»

«...»

«E ha detto che non ci sono problemi pure per zia Dora... ci vuole tutti da lei.»

«Ti ha detto proprio così?»

«Veramente ha chiamato Damiano stamattina... ha parlato solo con lui.»

«Sta stronza, manco ha avuto il coraggio di chiedertelo di persona. Lo fa solo per rovinarti il pranzo, che avevi pure deciso di fare il brodo. Sicura che non vuoi una mano?»

Ninella aveva il tono di una leonessa pronta a tutto.

«No, ma'. Tu mi hai insegnato che volere è potere.»

«Sì, ma a volte si deve chiedere aiuto. Se hai bisogno, io ci sono.»

«Questo lo so.»

Rimasero un attimo ferme a guardarsi davanti all'alberello.

«Quindi la messa la saltiamo?»

«Ci andiamo domattina...»

«Ma mica siamo a Bari!»

«Mamma, non ti ci mettere anche tu con questa

storia di Bari. Vienimi incontro, sono giorni difficili e dobbiamo cercare di non creare troppi problemi...»

Chiara si rese conto che era veramente cresciuta, se si permetteva di usare un simile tono con sua madre.

«Mamma, mi stai a sentire?»

Ninella la guardava ma non era più nella stanza. Avrebbe rivisto il suo Mimì di lì a poche ore, a cena, anche se in presenza di Matilde. Si sarebbero seduti allo stesso tavolo, si sarebbero salutati almeno con un bacio sulla guancia. Chissà se aveva sempre gli stessi baffi e lo stesso profumo. L'assalì una strana paura mista a eccitazione che fece fatica a contenere. Guardò l'orologio e si rese conto che le ore stavano correndo veloci, ma trovò il tempo di mettere su la moka per il caffè.

«*Vabbù*, dille che per me non ci sono problemi...»

«Grazie mamma. Tu, tutto a posto?»

«Sì perché?»

«Non so, hai qualcosa di strano stamattina...»

«Non ti ci mettere pure tu che ho già Nancy che mi dà qualche pensiero.»

«Perché, che ha?»

«Sta sempre lì su internet a capire come si fa a perdere la verginità. L'altro giorno se ne stava a guardare un pisello gigante... e che ho fatto, ho messo al mondo una che frigge i polpi?»

Mentre lo diceva appoggiò sul tavolo un pacchetto di biscotti senza farci nemmeno caso.

«Dài, mamma... ha solo diciassette anni, cerca di

essere comprensiva. E non guardare cosa cerca su internet.»

«Non è che guardo... ma se entro in camera e vedo un pisello sullo schermo qualche domanda me la faccio. Lei dice che serve per biologia... lo so io di quale biologia parla.»

«Be', almeno è interessata!!!»

Ninella rimproverò Chiara come se fosse un'adolescente anche lei, e si concentrò sulla moka, che per nulla al mondo avrebbe sostituito con le cialde: il caffè è l'attesa, il viaggio, il rumore e l'odore, pensava. E quello te lo dà solo la moka. Dopo due tazze veloci, accompagnò la figlia verso la porta. La sua vita stava accelerando di nuovo, e avrebbe potuto regalarle un'altra possibilità.

Prima, però, doveva capire a che ora sarebbe arrivata zia Dora e, soprattutto, scegliere la tonalità di biondo più adatto a lei.

8

A diciassette anni, gli amici sono tutto ciò che hai. Nessuno può prendere il loro posto, nulla avrebbe senso senza di loro. Poi, col tempo, ci si illude di poterli sostituire con l'amore, rimanendo spesso delusi. Ma a quell'età si sogna l'amore solo per raccontarlo agli amici. Per questo, Nancy aveva passato gli ultimi mesi in sofferenza: era stata la spalla su cui molte amiche e compagne si erano appoggiate, per piangere o esultare, e lei aveva fatto finta di essere sportiva. Condivideva, urlava e abbracciava tutte come se si trattasse di una partita della Polimnia Calcio quando segnava Tony. Poi però si ritrovava con la sua solitudine e la frustrazione di essere diversa dalle altre.

Come regalo di Natale, aveva chiesto a Carmelina una cosa non materiale: capire come perdere la verginità senza andare nel panico. E Carmelina aveva non solo chiesto al suo *fiancé*, di cui si fidava ciecamente, ma aveva anche chiamato una linea di autoaiuto per adolescenti, spiegando che era per la sua amica. L'operatrice non le aveva creduto, e le aveva detto che il primo passo della crescita era prendersi le responsabilità delle proprie pulsioni. Da quel giorno, e per molti anni a seguire, la ragazza non si sarebbe più fidata degli psicologi. Archiviata la telefonata, aveva incontrato Nancy in un angolo del No Vabbè, dove si erano concesse una colazione prenatalizia: cioccolata calda e strudel alle mele, perché non si poteva andare sempre avanti a kiwi e gallette di riso. Ma il sesso avrebbe sicuramente fatto bruciare a Nancy i grassi in eccesso. Perché, una volta sbloccata, lei non aveva nessuna intenzione di tenere quel tesoretto solo per sé: il sesso è, innanzitutto, condivisione.

«Allora cosa devo fare?»

«Come prima cosa devi abbassare il tono di voce. Anche se sono tutti abbastanza giovani, qui, non è che non hanno le orecchie. E se si sparge la voce che sei ancora vergine sei rovinata.»

Gli amici servono, innanzitutto, a non angosciarti.

«Ho capito, Carmelina, ma guarda che sto messa malissimo. L'altro giorno, mentre studiavo un glande al computer è entrata mia madre... volevo morire.»

«E che le hai detto?»

«Che serviva per biologia... ci ha creduto. Sai, mia madre pensa solo ai capelli, a cucire e a deprimersi.»

«Tu però non mi hai mai detto quella volta con Tony che cosa non ha funzionato... a parte che a un certo punto lui ha deciso di smettere. Ma almeno qualcosa è entrato?»

Carmelina addentava lo strudel a grandi morsi, mentre parlava. Non si era mai sentita tanto sicura di sé.

«Sì, ma solo il glande, capisci? Non gli piacevo abbastanza.»

«Ma va', se entra il glande può entrare tutto. È perché non devi pensare a niente se non a voi due... è normale che le prime volte il rapporto non finisca.»

«Ma tu l'hai concluso al primo tentativo, e lui non era nemmeno esperto! A me Tony diceva solo che c'era un osso che non aveva mai sentito...»

«Ma sei sicura che sia così esperto, questo Tony? Quello che lui chiama "osso" è solo la tua muscolatura che è molto contratta... altrimenti lui non l'avrebbe trovata così stretta come mi dicevi tu, Nancy...»

«Shhh, che ci sentono qua. E mi rovinano...»

In effetti, la barista aveva abbassato anche Radionorba per entrare meglio in quella conversazione.

«Senti, Nancy, io in realtà ho già trovato la soluzione.»

«Quale?»

«È il mio regalo di Natale... anche se è usato è come nuovo, l'ho lavato con l'Amuchina. Io ora non ne ho più bisogno. Non te l'ho impacchettato perché è un regalo un po' particolare.»

Carmelina aprì la sua borsetta e le passò di nascosto, sotto il tavolo, un vibratore rosa.

«Guarda, è anche del tuo colore preferito!»

«Ma questo è un oggetto che hanno le puttane!»

«Comunque si chiama dildo.»

«Dildo?»

«Cioè, è pur sempre un vibratore, ma tra di noi è meglio se lo chiamiamo in inglese.»

«Se lo dici tu...»

«E comunque se la pensi così dovresti restare vergine fino al matrimonio. Invece devi iniziare subito a esercitarti... Lo accendi e vibra come un telefono... piano piano te lo metti dentro così impari a rilassare la muscolatura e vedrai che poi entrerà tutto senza problemi... perché non ti rifai viva con Tony?»

«Dici?»

Non ebbe il coraggio di confessarle che l'aveva già fatto.

«E certo! Con la scusa del Natale... tanto non si allenano in questi giorni, sarà libero... e poi mi pare che quando vi vedete lui ti lancia sempre un'occhiata. Ha paura che se dici in giro che non avete fatto niente perde la faccia con gli amici... fidati di me... rischia molto più lui di te.»

«Quindi l'ho ferito nell'orgoglio!»

Nancy non solo si sentì rincuorata, ma le salì una strana agitazione. Pensò che non avrebbe mai avuto il coraggio di infilarsi quel coso proprio lì. Carmelina le consigliò che sarebbe stato meglio aspettare un po', e di farlo in camera in tutta tranquillità quando era sicura che Ninella dormisse.

Nel momento in cui Nancy le fece scartare una minitrousse di ombretti, si rese conto che la sua amica era molto più matura di lei, e un pochino la odiò. Ma le bastò un «Sono sicura che ce la farai» accennando all'oggetto proibito, che Nancy si dimenticò di tutto. E poi c'era una differenza abissale tra loro che nessuna esperienza sessuale avrebbe mai potuto colmare: Nancy sarebbe diventata una grande cantante, avrebbe riempito gli stadi italiani, fatto un tour europeo in piccoli club, e poi avrebbe sfondato in America. Carmelina no. Al massimo avrebbe potuto ambire a una puntata di "Masterchef", visto che il suo "tonno rosé" aveva vinto il concorso "Adolescenti in cucina" del liceo.

Prima di abbracciarsi in strada – volevano far notare ai passanti che avevano lo stesso giubbotto – si diedero appuntamento alla messa di Natale: «Devi fare un po' di esercizi con quello: solo così sarai veramente sicura». Ma Nancy, come sempre, aveva fretta di crescere, con tutti i rischi che comportava. Appena vide l'amica sparire, mandò un secondo messaggio a Tony:

"Ma allora a che ora me lo dai il regalino di Natale?"

E lui le rispose dopo neanche dieci secondi:

"Oggi alle cinque. Devo farti vedere il Cuore di Pietra."

Il Cuore di Pietra era il piccolo appartamento in vico Caverna che suo zio aveva appena messo a posto e che d'estate avrebbe affittato ai turisti. Quando lo lesse, Nancy fece un salto così in alto che scivolò per terra con le gambe all'aria. Il signor Centrone, che conosceva di vista, l'aiutò a rialzarsi, le restituì la borsa e si rassicurò che non si fosse fatta male.

«Tutto a posto, per fortuna, tutto a posto» disse lei vergognandosi, preoccupata solo dei suoi fuseaux. Si era già incamminata che l'uomo la rincorse gridando: «Si fermi, signorina, si fermi!». Nancy si voltò lusingata di tutte quelle attenzioni. Fino a quando vide che l'uomo teneva in mano il vibratore come un'anguilla: nella caduta si era acceso e non riusciva a spegnerlo.

«Ha perso questo, signorina. Magari le serve... buon Natale!»

E Nancy, per l'ennesima volta quel giorno, sarebbe voluta morire.

9

In pochi minuti, anche il piano condonato degli Scagliusi aveva ripreso vita, al di là delle luminarie che Matilde teneva accese ventiquattr'ore su ventiquattro. Lo smeraldo al dito era stato per lei un'iniezione di adrenalina purissima, che l'aveva stravolta come solo la felicità è in grado di fare. E ora era determinata a rianimare il "Petruzzelli" con un cenone che in paese avrebbe fatto sicuramente discutere.

In fondo, era quello che lei voleva: stare un po' al centro dell'attenzione, e fare in modo che tutti sapessero che don Mimì, dopo oltre vent'anni, l'amava come prima. Rimasta sola, in camera, si era fermata per qualche minuto davanti allo specchio, cercando di gesticolare in vari modi per vedere quanto si notava l'anello. Eccome, se si notava. Il movimento che preferiva era passarsi una mano tra i capelli, e cercò di farlo più volte in modo che la sera le sarebbe venuto naturale. "E questo smeraldo quando l'hai comprato, Matilde?" le avrebbero chiesto le sue sorelle, e lei avrebbe risposto solo indicando don Mimì davanti a Ninella. Se lo sfilò un paio di volte, prima di indossarlo di nuovo, solo per riprovare l'emozione di quel gesto. In fondo, era più romantica di quanto credesse, anche se viveva l'amore quasi solo come esibizione. Ne riceveva così poco che quel poco lo dovevano vedere tutti.

Ma il pendolo le ricordò inesorabilmente che il tempo stava volando, per cui tirò fuori il tono imperativo di quando voleva qualcosa e, in vista della cena, precettò subito Sisina, la nuova tuttofare che l'aiutava tre ore al giorno in casa. Quella precedente l'aveva mandata via poco dopo il matrimonio del figlio, perché aveva diffuso in paese notizie riservate su catering e bomboniere che sarebbe stato meglio tenere per sé.

Trovare la donna era stata un'impresa, ma alla fine ce l'aveva fatta. Sisina era umile, discreta, veloce e non le diceva mai di no. Non ci riuscì neppure quella volta: le era rimasto solo quel pomeriggio per comprare i regali, ma Matilde le rispose che li avrebbe potuti fare dopo Natale, risparmiando grazie ai saldi. La poveretta dovette quindi prendere subito in mano la situazione, delegando alla sorella i pensierini e chiedendo al marito di ordinare il pesce, visto che conosceva il ragazzo della pescheria di

Castellana, che lo trattava bene. Per il capitone marinato, invece, telefonò alla Salsamenteria implorandoli in nome degli Scagliusi di tenergliene da parte a sufficienza, perché era già quasi tutto prenotato.

Ma Matilde non aveva finito: sapeva che la cugina di Sisina, Olimpia, in paese era soprannominata la "Maga del Bimby", per cui le ordinò di chiamarla per farsi dare una mano con il magico robottino che aveva appena acquistato e che avrebbe risolto il cenone con il minimo sforzo. Da quando lo aveva comprato, aveva obbligato Sisina a studiare le istruzioni nei minimi dettagli, e l'aveva sollecitata più volte a usarlo, ma si era accorta che era un po' lenta e sentiva che telefonava ogni volta alla cugina.

Sisina avrebbe fatto molto prima a cucinare il sugo sul fuoco, ma per Matilde era importante farlo col Bimby, "perché col Bimby non puoi mai sbagliare". E l'unica volta in cui la donna si era permessa di risponderle "Io non ne sono tanto sicura", la First Lady le aveva urlato così forte di farsi i fatti suoi che la donna se ne guardò bene, da allora, di esprimere opinioni non richieste.

Solo don Mimì le disse da subito che era una santa, a lavorare da loro, e le allungava qualche cento euro fuori busta per ringraziarla della pazienza.

Di pazienza ne avrebbe voluta un po' di più anche lui, quella mattina. Si era appena alleggerito dai sensi di colpa con quell'anello che gli era costato una fortuna, e ora sua moglie gli poneva un nuovo ostacolo da superare: trascorrere la vigilia con Ninella davanti a lei. Aveva lasciato Matilde in camera con lo smeraldo ed era tornato in salone: gli sarebbe piaciuto rivedere *I ponti di Madison County*, ma aveva paura che non avrebbe retto alle lacrime. Allora si era limitato a sedersi davanti al televisore spento ed era rimasto ad ascoltare i battiti del suo cuore nel vuoto. Si rivedeva su quello schermo con Ninella, tra gli ulivi, quando avevano fatto l'amore.

Si accarezzò la pancia e si rese conto che negli ultimi mesi era cresciuta. Per consolarsi di quella mancanza – Ninella non lo aveva più voluto vedere – si era abbuffato delle polpette che Matilde aveva continuato a friggere. L'unico piatto che lei si rifiutava di fare col Bimby, anche perché non voleva condividerne il segreto nemmeno con Sisina. Si chiuse in bagno, si tolse il gilè e la camicia, e si guardò con attenzione. Tirò fuori la pancia più che poté, e quasi si spaventò delle sue dimensioni.

Solo i pettorali gli davano soddisfazione, oltre naturalmente ai baffi: li spuntò appena, solo per farsi una carezza, e decise che sarebbe stato meglio ricomporsi. In fondo, vestito non era poi così male e con il gilè Ninella non si sarebbe accorta di nulla. Certo non si sarebbe dovuto lasciare andare così, ma gli era venuto naturale. Imbruttirsi, a volte, è un modo di attirare l'attenzione.

Solo Ninella era più splendida che mai: beveva tanta acqua, mangiava sano e ballava tango. Se non fosse stato per le sigarette, sarebbe sembrata una salutista modaiola, invece era una donna pratica. Ma la foto che sua figlia le aveva portato le aveva riacceso la speranza. Guardava e riguardava il ballo con don Mimì così come Matilde riguardava l'anello: ognuna si era ancorata a un oggetto per avere quell'uomo solo per sé. Ninella aveva deciso di tenere la foto in camera, dietro lo specchio, lontano dagli occhi indiscreti di Nancy. La osservava come fosse un quadro dimenticando sia la visita di Rossano che l'invito per quella sera a casa di Matilde. Nelle sue orecchie sentiva solo *Ninella mia*, la canzone che dal Salento del passato era tornata a darle speranza. Prese la foto, se la strinse sul cuore, e si mise a ballare. Non era un valzer e nemmeno un tango, anche se un po' gli assomigliava: era il ballo infantile di una ragazza felice.

Fu il telefono a prenderla di soprassalto. Zia Dora era quasi arrivata a Foggia e voleva sapere se poteva avere un po' di riso bianco a parte, perché stava seguendo la dieta del riso.

«Come sarebbe la dieta del riso?»

«Un pugno di riso bianco al giorno... contro la ritenzione idrica... me l'ha dato il dietologo qui a Castelfranco. Anche tu Ninella dovresti andare dal dietologo!»

«*Venatinn*... mi manca pure il dietologo... semmai ti faccio un po' di verdure a vapore.»

«Ma sei pazza? Quelle gonfiano e basta.»

«Se lo dici tu... ma avete messo le catene, che ho sentito che nevica pure a Foggia?»

Lo chiese perché sperava che tardassero un po'.

«Ma noi abbiamo sempre avuto le gomme termiche, così non abbiamo problemi. Mica come voi, che appena scendono due fiocchi andate nel panico o vi riducete a comprarle all'ultimo minuto. Le gomme termiche vanno comprate per tempo! Che poi tu sei una donna sola e la macchina la usi spesso... guarda, dai retta a me: non risparmiare sulle gomme!»

Ninella si era così indispettita per il tono di sua cognata che le anticipò che quella sera, anziché a messa, sarebbero andati a cena da Matilde e don Mimì. Ma aveva decisamente sopravvalutato la vocazione religiosa di sua cognata, che ci andava soprattutto per mostrare la pelliccia ai compaesani.

«Che bello... così vedo finalmente questa benedetta casa condonata! Da noi l'avrebbero buttata giù... già sai come ti vesti? Che regalo facciamo a Matilde? Pronto? Pronto?»

A Ninella vennero così i nervi che mise giù facendo finta che fosse caduta la linea.

10

«Pronto Damia'? Sono Orlando.»

«Ehi fratello... dove stai?»

«Sto ancora a Bari, che oggi è un macello con questo tempo. Ti volevo chiedere una cosa.»

«Dimmi.»

«Ma la mamma ha qualche problema?»

«In che senso?»

«Mi ha chiamato già tre volte perché vuole che le scriva i menu per stasera su delle pergamene, e vuole che prima di comprarle le faccia uno squillo per essere sicura che la carta sia giusta. Non è che sta andando fuori di testa?»

«Ma va', è solo che non c'ha niente da fare tutto il giorno.»

«A me, da quando ha deciso di mettere in bagno i rubinetti a fotocellula sembra sempre ubriaca.»

«I rubinetti a fotocellula servono per risparmiare acqua, lo ripete in continuazione, e poi lei è sempre stata in fissa con i menu, ti ricordi al mio matrimonio?»

«Sarà.»

«Dimmi solo quanto ti devo dare per il suo regalo.»

«Non vuoi sapere cosa le ho preso?»

«A me basta che non superi i centocinquanta euro a testa.»

«Tranquillo, sono ottantacinque.»

Dopo aver ascoltato la cifra, Damiano si sentì un uomo piccolo e meschino. Non gli interessava nemmeno il regalo per sua madre, solo quanto costava, ma stava ancora pensando a dove aveva sbagliato a poker. Così cercò goffamente di essere affettuoso mostrando qualche interesse per suo fratello.

«Antonino l'hai più v...»

«...»

«V...»

«...»

«Visto?»

Orlando ebbe un brivido. Antonino era l'Innominato, l'uomo di cui aveva conosciuto la vera identità – oltre che la moglie – proprio alle nozze di suo fratello. Da allora non aveva più risposto ai messaggi che aveva continuato a mandargli.

«No, sparito del tutto. Si serve ancora da noi?»

«Non credo proprio. Papà ha ordinato a tutti di cacciarlo, se veniva a ordinare patate.»

«...»

«Orlando ci sei?»

Gli stava venendo da piangere, ma riuscì a farsela passare.

«Sì... sì... ci sono. Allora ci vediamo stasera... vienimi a prendere alla stazione. Qua stanno tutti per strada a montare le catene, meglio se me ne vengo in treno.»

«Perché, non hai le gomme termiche?»

«Damiano, abito a Bari! Che cazzo me ne faccio delle gomme termiche?»

«N...»

«...»

«N...»

«...»

«Non si può mai sapere.»

«Tu... tutto bene con Chiara?»

«Sì, adesso le do una mano che vuole fare il brodo per domani.»

«No, intendevo in generale: tutto bene?»

«Sì, tutto a posto... anche se stava un po' strana stamattina. Dev'essere sto fatto del cenone.»

«*Vabbù*, va... a dopo. Non fare danni.»

«Neanche tu.»

Le ultime parole famose. Appena misero giù, Orlando mandò subito un messaggio all'Innominato: non fece nessun riferimento ai silenzi passati, si fece vivo per fare gli auguri di Natale senza, in apparenza, secondi fini.

Damiano, invece, per dimenticare la perdita al gioco, decise di rispondere ad Alessia, la sua ex, che da un po' di giorni voleva incontrarlo. Si erano visti solo un paio di volte, dopo il matrimonio, ed entrambe le volte lui aveva ceduto a una sveltina che gli aveva lasciato solo sensi di colpa e, una volta, un po' di profumo addosso. Lui amava Chiara, ne era convinto ogni volta che tornava da lei, ma era come se periodicamente avesse bisogno di un ripasso di autostima: oltre alla balbuzie, che non lo aveva mai abbandonato del tutto, erano le aspettative di don Mimì a tenerlo sotto stress. Aveva deciso che non avrebbe più rivisto Alessia, ma lei era stata così brava nel proporre un salutino prenatalizio che lui, più per sfinimento che per convinzione, aveva accettato un caffè a Monopoli, dove sarebbe dovuto andare per comprare a Chiara un pensierino oltre al ciondolo di Dodo 100% Amore che le aveva già preso.

Aveva bisogno di distrarsi, e non gli dispiaceva l'idea di provare le gomme termiche sulla neve. Chiamò suo cugino Cosimo per confidargli i piani della giornata, e l'altro lo mise solo in guardia su Alessia, come aveva sempre fatto: perché andare a complicarsi la vita proprio con una ex? In Damiano prevalse però l'amor proprio: per una volta voleva fare a modo suo.

Così lasciò un post-it a sua moglie – "amore ci vediamo dopo" –, salì in macchina e cominciò a sgommare sulle strade scivolose. Godeva nel vedere le auto che andavano piano, insicure e titubanti in quelle curve che di colpo diventavano impossibili.

Ma le sue sicurezze svanirono in una Monopoli piena di traffico e di gente. Alessia si presentò al Caffè Roma apparecchiata come una Madonna, astuta come Lady Gaga. Gli regalò una cravatta, gli fece i complimenti per il taglio di capelli e poi, senza troppi giri di parole, davanti a un espressino chiaro, gli disse che era incinta.

Ed era incinta di lui. Damiano vide prima bianco, poi nero, poi uno schermo che proiettava film apocalittici dove, nella migliore delle ipotesi, il protagonista moriva dissanguato dopo lunga agonia davanti ai parenti giunti troppo tardi al capezzale. Riuscì miracolosamente a non perdere né i sensi né la parola.

«Ma mi avevi detto che prendevi la pillola!»

«Eh lo so... mi sarò scordata! Guarda, un dramma.»

Dopo il film apocalittico, Damiano vide distintamente l'ingresso dell'Inferno. Sulla porta, suo cugino lo aspettava a braccia conserte pronto a spedirlo nel girone dei coglioni. Non poteva essere vero, e non poteva essere capitato proprio a lui. Alessia, intanto, lo guardava con un sorriso che era peggio di una pugnalata.

«Senti, Alessia... amica mia... ho capito che qui dobbiamo fare un patto tra di noi. Perché io sto inguaiato se questa storia viene fuori...»

«Non dirlo a me, che per tutti sono ancora single. E poi non saprei come fare a mantenere anche un figlio, lo capisci?»

Per una volta Damiano capì al volo, anzi, s'illuse di aver compreso tutto.

«Quindi non vuoi tenere il b...»

«...»

«B...»

«Il bambino dici? Ci ho pensato e mi piacerebbe. Ma non me la sento.»

«Ah... menomale... avevo capito il contrario...»

«Però Damia'... sarebbe bene che nessuno la sapesse questa storia...»

«Stai sicura che da me non esce fuori niente.»

«Da me invece potrebbe.»

«In che senso?»

«Se tu non mi dai un aiutino... sai, per noi donne perdere un bambino non è proprio una passeggiata.»

Damiano era tornato al cinema ma ora proiettavano *The Ring*.

«E quindi...»

«Avrei bisogno di... che ne so... trentamila euro... così facciamo una cosa in una clinica privata, non rischio di incontrare nessuno... e chiudiamo la questione per sempre.»

«TRENTAMILA EURO?»

«Shhh... che ancora sentono! Non mi pare che sia chissà che cifra... con quello che tuo padre guadagna con le patate, dài. Io ti avevo detto di scegliere me, ma non hai voluto. E ora è arrivato il conto.»

Alessia finì il caffè velocemente in un gesto quasi risolutivo, e lui cominciò a sospettare di essere stato incastrato. Era finito in un guaio grosso, e ci era finito con la stupida leggerezza di chi non pensa mai alle conseguenze dei propri egoismi. Però, anziché discutere e provare a convincerla, anziché riflettere su cosa significava avere un figlio, pensò all'unica via d'uscita possibile: si mise a trattare la cifra. Fu uno dei momenti più bassi della sua vita. La cosa triste è che riuscì a chiuderla a venticinquemila euro, che le avrebbe dovuto dare entro metà gennaio, in due tranche. Il cameriere, che aveva sentito solo pezzi di conversazione, era convinto che fossero tornati i contrabbandieri di sigarette.

Quando uscirono dal locale, lei era raggiante come i venditori di doposci, lui triste come le case con l'acqua gelata nei tubi. Si erano appena salutati che Alessia venne schizzata in pieno da un'auto che sfrecciava veloce, che le rovinò il cappottino scelto per l'occasione.

«Puttana» disse sottovoce Damiano quando la vide dallo specchietto. E mentre provava a uscire dall'incubo, ancora un po' usciva di strada. Anche le gomme termiche hanno momenti di debolezza.

La quiete del paesaggio strideva col suo stato d'animo, gli ulivi sembravano spuntare dalle nuvole, mentre i muretti a secco erano del tutto scomparsi. L'unica cosa evidente, all'orizzonte, era il mare.

11

Nancy era ancora scioccata di essere caduta per terra facendo rotolare il suo primo vibratore. E anche se il signor Centrone si faceva generalmente i fatti propri, era convinta che tutti in paese ormai conoscessero le sue perversioni, e arrossiva ogni volta che incontrava qualcuno che le diceva "hai visto la neve?", mentre lei si sentiva tutto fuorché candida. Le era capitato prima con Maria della Salsamenteria, e poi con la signora dell'Ottica.

Aveva già chiamato Carmelina per dirle dell'accaduto, ma la sua amica era solo preoccupata che il "dildo" non funzionasse più. Nancy l'aveva già controllato vicino al museo Pino Pascali, e per fortuna vibrava ancora. Sua madre era troppo presa dai suoi pensieri per poterla guardare come avrebbe dovuto. Le sarebbe bastata un'occhiata un po' meno distratta per leggere tutta la tensione di una figlia che a diciassette anni non trovava ancora pace. Ma anche lei era in guerra, anche se di anni ne aveva cinquanta.

In guerra con la consuocera, che era riuscita a tenersi il marito.

In guerra con zia Dora, che la faceva sentire inadeguata.

In guerra soprattutto con se stessa, perché aveva le idee sempre più confuse. Aveva vissuto gli ultimi trent'anni aspettando un riscatto, e si era portata a casa solo una foto. Per mesi si era aggrappata ai ricordi, ma i ricordi sono capaci di ucciderti lentamente se ti fai comandare da loro.

Per questo aveva deciso di indossare la collana turchese di Rossano e di ripartire da lì. Anche la decisione di abbandonare i suoi colpi di sole era l'ennesimo tentativo di provare a dare un taglio al passato. Sarebbe stato un rischio, certo, ma almeno poteva affrontare don Mimì con un'arma in più. E pazienza se le avrebbero dato della ragazza dell'Est, lei era sempre stata per l'Europa unita.

Quando incontrò Nancy, che riuscì a malapena a salutarla, le elencò una serie di lavori da svolgere in vista dell'arrivo di zia Dora e, soprattutto, della cena di quella sera.

«Ma stasera devo andare a messa, ma', sono settimane che proviamo *Gioite che è nato*, e forse vengono a vedermi i Sense of Life!»

«Lo rifarai alla messa di domani.»

«Ma domani loro non ci saranno. È stasera il *live show*.»

«Ma che *live show* e *live show*! In chiesa si va per pregare, non per esibirsi... e comunque non l'ho deciso io ma quella... sai com'è la First Lady quando si mette in testa una cosa.»

«Ma viene pure mia sorella?»

«E certo.»

«E zia Dora pure?»

«E certo.»

«Uh, ci sarà da ridere.»

«Piantala e vedi di mettere in tavola un po' di focacce al centro... che quelli se la sognano la focaccia...»

Mentre parlava, Ninella si sistemava la sciarpa al collo.

«... e poi fai bollire un po' di riso, che la zia fa la dieta del riso.»

«Del riso?»

«Sì, per la ritenzione idrica. E non mi guardare così che noi non abbiamo bisogno mo' di fare la dieta del riso.»

«*Vabbù*... ma dove vai?»

«A farmi la tinta.»

«Sei sicura, ma'?»

«Certo che sono sicura.»

«Basta che non sembri una rumena.»

Ninella non le diede uno schiaffo solo perché avrebbe fatto tardi dal parrucchiere. Con tutta quella neve doveva camminare con attenzione, quindi meglio non perdere tempo. Se ne fregò del look e mise gli scarponcini che aveva acquistato da Mondo Mocassino quando erano andati sulla Sila, come le ricordò la signora Labbate, che non si era praticamente mossa dalla finestra. A parte lei, le altre vicine erano tutte barricate in casa.

Da Lucia Coiffeur, che aveva allestito una vetrina tipo casinò di Las Vegas, c'era mezza Polignano. Quando Ninella vide la parrucchiera spruzzare tutta quella lacca le venne qualche dubbio se fosse davvero il caso di avventurarsi in un nuovo colore. Ormai però gliel'aveva promesso, a Lucia, che da quando aveva fatto un corso di aggiornamento da Todaro a Bari diceva che era una "hair designer". Ma cambiare l'insegna le costava troppo, così era rimasta per tutti "Lucia Coiffeur".

In compenso dopo il corso si era tatuata sul polso una forbice e un pettine, perché il suo non era più un lavoro, ma una missione. Il nuovo piglio professionale aveva rassicurato Ninella, anche se il coraggio definitivo per compiere l'azzardo gliel'aveva dato Matilde, con quella sfida a casa sua la notte di Natale.

«Mi raccomando, Lucia, che ho poco tempo e non possiamo sbagliare.»

«Guarda che non sei obbligata a venire da me... potevi andare da Mimì Colonna, che tanto usa i miei stessi prodotti... e certo non ti fa il prezzo che ti faccio io.»

«Dài, Lucia... mamma mia non ti si può più dire niente. Mi devi scusare che sto un po' nervosa che stasera sono invitata al cenone dagli Scagliusi.»

«*Lo sé, lo sé...*»

«E chi te l'ha detto?»

«L'importante è che io lo sappia, non chi me l'ha detto.»

Lucia Coiffeur fingeva sempre di sapere tutto. Ninella decise di non polemizzare perché aveva un solo obiettivo: uscire bionda da quel negozio. Dopo averla sentita dissertare sulle tonalità di "biondo champagne", con vari riferimenti a Donatella Versace, Ninella si sentì più sicura ad affidarsi a un "biondo ramato". "Biondo Kidman", per dirlo con le parole di Lucia.

Cercò di rilassarsi, pensando a quanto le era piaciuta in *Moulin Rouge*, mentre l'altra prese a spazzolarle la testa e, partendo dalla nuca, cominciò a incartarle piccole ciocche con la stagnola per farle una "base di mèches". Sentendo il tono sicuro di quelle parole, Ninella si tranquillizzò un poco, anche se aveva la sensazione di essere appena salita sulle montagne russe. Quantomeno, pensare al colore la distolse dalle sue fantasticherie amorose, che si era illusa appartenessero ormai al passato.

«Sicura che non vogliamo provare il "biondo champagne"?»

«No, no... cominciamo con il "biondo Kidman". Ancora non mi piace... mi rovino la serata.»

Lucia la guardò piena di malizia, ma poi si ricordò che al corso le avevano detto che "la differenza tra un hair designer e un parrucchiere è che l'hair designer pensa solo ai capelli e all'ovale del viso, non ai commenti. È quello il segreto per non commettere errori". Così, muta come un pesce, aveva passato la miscela bionda sul resto dei capelli. Dopo la posa, che a Ninella sembrò infinita, le fece un massaggio per "uniformare il colore alle mèches, così si tonalizzano" – lo disse per calmarla –, come le avevano insegnato al corso. Mentre le risciacquava la testa, Ninella cercò di capire la qualità del risultato dallo sguardo di Lucia, ma questa si ricordò degli "occhi da sfinge" che bisognava sfoderare prima di mostrare ogni tinta. Le raccolse i capelli nascondendoli sotto un turbante intorno alla testa, prima di scoprirlo lentamente davanti allo specchio.

Per un attimo, a Ninella mancò la terra sotto i piedi. Sembrava un *truiun*. Era bionda, e lei non si era mai immaginata bionda: poi le sopracciglia le sembravano troppo scure, il trucco troppo volgare, ma Lucia fu brava a rassicurarla indicandole il suo incarnato chiaro e, soprattutto, prendendo in mano il fon. L'asciugatura avrebbe reso meno traumatico il colore, e Ninella lentamente riuscì a essere più possibilista. Quell'esperimento, in fondo, non era così male.

Ovviamente, se avesse potuto, sarebbe tornata ai suoi colpi di sole, ma era troppo orgogliosa per ammetterlo, e poi non voleva deludere Lucia. Fece qualche smorfia e provò a immaginarsi con un ombretto diverso, fino a che un sorriso le illuminò gli occhi: così bionda dimostrava sicuramente dieci anni di meno. Senza dimenticare che era un "biondo Kidman", e la Nicole aveva pur sempre vinto un Oscar. Riuscì a frenare l'attacco finale di lacca, e pagò sessantacinque euro pretendendo la ricevuta. Uscì abbagliata dalle luci di Las Vegas senza essere sicura di avere sbancato il casinò.

12

Zia Dora guardò Polignano imbiancata con gli occhi di una crocerossina alla sua prima missione in Africa. Anziché gustare la poesia, osservava le inefficienze che a Castelfranco non sarebbero mai accadute. "Da loro" alle prime avvisaglie passavano il sale sulle strade, in modo che si evitassero le scene che lei indicava al marito con un certo godimento: auto ferme a bordo strada con i mariti che cercavano di mettere le catene alle ruote comandati da donne che quella mattina non avevano tempo da perdere.

Zia Dora le guardava con un misto di gioia e compassione, e avrebbe abbassato volentieri il finestrino per fare una pernacchia e sbeffeggiarle dall'alto delle sue gomme termiche, ma zio Modesto – che la conosceva bene – la invitò a guardare quanto era bello il paese arroccato in quella veste. Ma lei continuava a pensare alle ruote ferme e diceva solo: «Questi sono indietro di trent'anni».

Arrivarono davanti alla casa di Ninella con qualche difficoltà, un po' perché dalle finestre gli dicevano: «L'avete portata voi la neve!», un po' perché nessuno dei due aveva scarpe adatte a quel pavimento soffice ma insidioso. Al primo scivolone di lei, lo zio Modesto fu abile nel tenerla in piedi senza farsi uscire un'ernia. Zia Dora se ne uscì subito con un «Se cado faccio causa al Comune», frase che la signora Labbate s'impegnò a diffondere prontamente come causa già inoltrata.

Quando Ninella le aprì finalmente la porta, zia Dora spalancò la bocca inorridita senza emettere suono. Aveva ancora lo stesso alberello striminzito dell'anno prima! Appena focalizzò l'attenzione sui suoi capelli, non riuscì davvero a trattenersi.

«*Cè te combnet*? Ti sei fatta la tinta da sola? Mamma come ti è uscita stavolta...»

«Veramente l'ho fatta da Lucia Coiffeur, che ha fatto il corso a Bari. Ora ti sembro solo un po' strana perché non sei abituata.»

Mentre lo diceva, non era per niente sicura delle sue parole. La reazione più dura era arrivata da Nancy: «Quanto ti dura questa roba?» le aveva detto, e lei, senza ammetterlo, le aveva dato ragione. Ma poi, rimasta sola davanti allo specchio di camera sua, Ninella si era convinta che sicuramente non sarebbe passata inosservata alla cena da Matilde. Per eliminare l'effetto stridente del trucco di cui non era più convinta, aveva deciso di cancellarlo del tutto, con l'effetto che zia Dora le disse subito che sembrava anemica e con dieci anni in più dall'ultima volta.

Per fortuna, poco dopo, la fame aiutò tutti a deporre le armi, e la tavola divenne presto il teatro di una messinscena conciliatoria. Zia Dora aveva però cominciato col suo pugno di riso bianco, che avrebbe voluto un po' più al dente, meglio ancora se basmati. Poi si era consolata con la focaccia, che trovò un po' troppo unta, ma riuscì a tenerlo per sé, anche se i suoi occhi continuavano a fissare Ninella.

«Ho capito che mi preferivi mora... ma al telefono mi dicesti che bionda sarei stata bene.»

«Ma io non pensavo a una cosa del genere... pensavo più a uno shatush...»

«Cos'è lo shatush?»

«Come cos'è lo shatush? Ma è l'effetto Belén... quello schiarente... di classe. Comunque non stai male, Ninella. Sembri una di quelle belle russe che vanno a Forte dei Marmi.»

Nancy guardò sua madre con la faccia di chi gliel'aveva detto, ma si sentì in dovere di difenderla.

«Zia, guarda che l'effetto shatush va bene se sei giovane. Mamma alla sua bella età ha fatto bene a farsi bionda... e mo' che si cambia il trucco vedi stasera come sta al cenone. Vi zittisce tutte quante.»

«Signorina, chiariamo subito *'u fatt*... non ho detto che non sta bene... forse un po' meno ramato sarebbe stato meglio, ma sono gusti personali. Ninella è sempre Ninella.»

Ninella le guardò pensando che cosa aveva fatto di male nella vita per meritarsi tutto questo. Lasciò la focaccia nel piatto e andò a chiudersi in camera. Si guardò e riguardò, accendendo e spegnendo luci più impietose di quelle dei camerini dei negozi per teenager: non era poi così male. Il suo ovale era ancora bello, la pelle tonica e chiara, il mento ben disegnato e aveva un signor décolleté. Ma non si riconosceva più. Avrebbe avuto bisogno di un consiglio di Chiara, cosa che non le era mai capitata, e questo la fece riflettere. Quando chiedi consigli a tua figlia vuol dire che sei vecchia o che sei innamorata. Provò a telefonarle ma mise giù prima che il telefono squillasse.

A sua figlia andò bene, perché stava passando un momento difficile. Le era venuta una strana nausea, non era più sicura del brodo e come se non bastasse suo marito sembrava completamente assente, perso in un mondo che lei non poteva nemmeno immaginare. Damiano si sforzava di essere naturale, ma balbettava troppo, per come lo conosceva, e la sua balbuzie era direttamente proporzionale al suo nervosismo. «Ma tu mi ami?» gli aveva chiesto a bruciapelo appena era rientrato, e lui – anziché dirle sì – le aveva risposto: «Come ti è venuta questa domanda?», che non l'aveva rassicurata per niente. Pascal le aveva consigliato di scherzare con il marito per testare il terreno su come avrebbe reagito a una gravidanza, ma ogni tentativo di conversazione era finito a monosillabi. Per fortuna la preoccupazione per il brodo le teneva la mente occupata, e per molti piatti si era già portata avanti: mousse di tonno, agnolotti ai carciofi e lasagne salmone e broccoletti, che aveva invece preso da *Le ricette di Casa Clerici*. A quel punto diventava fondamentale sapere cosa avrebbe cucinato Matilde quella sera: perché non c'è niente di più umiliante di replicare una portata della suocera.

Provò a chiedere a Damiano di indagare con sua madre, ma ottenne un «mo' la chiamo» che non la convinse per niente. Provò ad accennargli dei provini, ma disse «mo' li vediamo». E quando lei trovò il coraggio di affrontarlo – «Si può sapere che ti è successo?» – lui s'inventò che stava uscendo fuori strada con la macchina, rischiando di morire, e Chiara tirò un sospiro di sollievo. Vederla sorridere gli diede pace. Avrebbe trovato i soldi, avrebbe messo Alessia a tacere e nessuno avrebbe mai saputo di due scopate e un aborto. Ma sarebbe riuscito a dimenticarlo? Si sforzò di essere contento, e anzi decise di mettersi lui ai fornelli per una pasta veloce, tanto chissà quanto mangiamo stasera, le disse. Per calmarsi – dopo aver inutilmente provato a chiamare suo cugino Cosimo – aprì una bottiglia di Primitivo di Manduria e ne versò due bicchieri.

Aveva bisogno di bere, e ci teneva soprattutto a distrarre sua moglie.

Quando vide i due calici, Chiara finalmente si rilassò. Durò solo un attimo, però, perché posò subito il bicchiere sul tavolo.

«Cos'è, sa di tappo?»

«No... però è meglio stare attenti con gli alcolici... sai... visto che abbiamo appena iniziato a provare a fare un bambino.»

Damiano la guardò con gli occhi così spiritati, che Chiara evitò di fare qualsiasi battuta al riguardo, come le aveva suggerito Pascal. Si mise a spostare le palline del suo albero gigante e le venne nostalgia di quello spelacchiato che aveva addobbato fino all'anno prima.

13

Orlando non avrebbe mai pensato che i sogni si potessero avverare come nei film, alla vigilia di Natale, sotto un cielo che regala neve. Dopo mesi di assenza, e dopo storie sempre troppo difficili o troppo brevi – "Ma non te ne puoi trovare uno *normel*?" gli diceva Daniela –, l'Innominato aveva deciso di rifarsi vivo proprio quel giorno, rispondendo finalmente ai messaggi che lui ostinatamente gli mandava. Evidentemente l'eccitazione aveva ripreso a pulsargli in gola e aveva capito che l'unica sua certezza era e sarebbe rimasta Orlando: il più mite, il più disponibile, il più vicino alla sua idea di erotismo. Così l'aveva chiamato senza filtri né imbarazzo, e l'altro ancora un po' sveniva per strada davanti alle signore impellicciate che cercavano l'ultima borsa di Valentino.

«Antonino... come stai?»

«Bene, bene e tu? Dove stai?»

«Sto a Bari... poi stasera vengo a Polignano che facciamo il cenone.»

«Pure io sto a Bari. Se vuoi ci vediamo, così ci facciamo gli auguri di persona.»

«...»

«...»

«...»

«Pronto Orlà? Ci sei?»

«Veramente stai qui?»

«Sì, ho cambiato fornitore... non mi oso più ad andare dai tuoi... per via di quel fatto.»

«Quando saresti libero?»

«Pure tra un'ora, se ti va.»

Orlando voleva morire dalla felicità. La sua ossessione era di nuovo presente, e a lui non importava più né del passato né del futuro, né del Natale, né di Enzo il magazziniere. La sua vita era di nuovo in balia di quel momento malato che gli dava mezz'ora di piacere. Non vedeva Antonino dal giorno in cui l'aveva incontrato con la moglie al matrimonio di suo fratello. Gli ripeté l'indirizzo tre volte e tornò a casa in uno stato di ebbrezza incontrollabile. Chiamò Daniela, perché era l'unica a cui avrebbe potuto confidarlo.

Dopo averlo lasciato parlare come un cocainomane a fine serata, lei lo raggiunse malgrado il traffico, la fretta e la ceretta che si stava per fare. Alla fine gli disse solo: «Ribellati». Lui l'aveva abbracciata ma non l'aveva capita: che ne sapeva una lesbica di cosa poteva provare un gay? Questo si diceva, anche se a mano a mano che si avvicinava a casa sentiva che Daniela poteva anche avere ragione. Ma gli amori impossibili non credono mai alle parole degli amici: sentono solo se stessi.

Durante una doccia supplementare al sapore di sandalo, un messaggio sul telefono gli suonò nelle orecchie come un allarme. Lo lesse mentre era ancora tutto bagnato, perché temeva un classico dietrofront dell'Innominato. Invece era Enzo che, terminato il suo turno in magazzino, in sole maiuscole scriveva: "IERI L'HO LASCIATA... CI VEDIAMO STASERA?".

Lui appoggiò il telefono sul lavabo e si rimise sotto l'acqua. Si sentiva sbagliato, vigliacco e traditore. Non voleva rinunciare a vedere l'Innominato, ma sarebbe stato più semplice sapere che il magazziniere continuava a vedere la sua ragazza, e che magari quella mattina era in giro per negozi per cercarle una sciarpa. Scoprire che era libero e disposto a passare con lui la vigilia di Natale lo aveva un po' spaventato.

Non rispose subito al messaggio e si asciugò in fretta, cercando di accelerare i tempi e lasciarsi qualche minuto per pensare. Ma l'Innominato aveva pigiato sull'acceleratore e in pochi minuti era lì a citofonare O.S.

Orlando chiese timidamente: «Chi è?».

Si sentì rispondere: «Sono io».

Non fece neanche in tempo a cospargersi di *Terre d'Hermès*. Aprì il frigo e tirò fuori un mignon di prosecco, che non era il massimo, ma era pur sempre qualcosa di alcolico e conviviale da offrire. Se l'ultima volta a San Vito gli aveva dato il benvenuto con taralli e champagne, questa volta l'accoglienza era in piena austerity. Antonino entrò in casa senza dire molto, se non che faceva "freddo assai". Non aggiunse domande, né scuse, né complimenti per il bonsai addobbato con i fili dorati. Prese Orlando per i fianchi e gli ordinò «Dài, girati» senza cambiare tono. Orlando si oppose, ma senza convinzione, e allora l'altro lo spinse mentre aveva ancora addosso il piumino e il freddo di quella mattina. Era la solita prassi: ti prendo, ti uso e ti saluto. E lui rimaneva lì, solo, chiedendosi come avesse fatto a cascarci ancora una volta. Si prometteva che non lo avrebbe chiamato più, senza accorgersi che era già in astinenza pensando all'incontro successivo.

Il prosecco in formato mignon assisteva alla scena con grande compassione. L'Innominato cominciò a baciargli il collo come aveva sempre fatto, ma Orlando non lo riconosceva più.

Capisci di non essere più attratto da una persona quando il suo odore diventa fastidioso. L'arroganza sessuale che un tempo lo eccitava si era trasformata in un sopruso inconcepibile. Ma ormai era lì, e lo lasciò fare: come avrebbe potuto tirarsi indietro? E mentre l'altro viveva il suo film con l'egoismo dei codardi, Orlando pensò alla nuova possibilità a caratteri cubitali che nel frattempo si era aperta: CI VEDIAMO STASERA? Così si liberò con forza dai peli di Antonino e dal suo fiato, che iniziava a essere corto, si staccò da lui e gli disse: «Scusami ma non ce la faccio». L'altro credette a un gioco erotico e lo riprese di nuovo, ma Orlando non scherzava e gli montò una rabbia difficile da contenere. Lo allontanò da sé con una tale forza che l'Innominato quasi si spaventò: «Cos'è, non sei più la puttana che conoscevo?».

Orlando si ricompose, trattenendo le mosse imparate a kick boxing. Si affrettò a restituirgli i pochi vestiti che si era tolto: «Se c'è una puttana che tradisce la moglie, quella sei tu. Dovresti andare a comprarle un regalo, che tra poco chiudono i negozi. E ricordati anche di tuo figlio».

Antonino non ebbe nemmeno il coraggio di alzargli le mani, tanto si sentiva sotto scacco: gli avevano sempre detto che "le checche ti possono rovinare", e davanti a sé credette di averne una.

Invece aveva di fronte un uomo per la prima volta orgoglioso di sé. Quando Orlando sentì sbattere le porte dell'ascensore, gli venne da piangere dalla contentezza, anche se era ancora convinto che i veri uomini non piangono mai. Controllò che non ci fossero altre tracce dell'Innominato disseminate per casa, si aprì il mignon di prosecco e lo trangugiò d'un fiato, a occhi chiusi.

14

Don Mimì si pentì quasi subito di aver regalato a sua moglie un anello così importante. Lei l'aveva interpretato come una nuova promessa d'amore, e questo l'aveva resa più arrogante, poveraccia. L'aveva sentita parlare di capitone con la povera Sisina usando un tono così odioso che lui aveva preferito uscire. Prima di andare via, per evitare allarmismi la salutò, trovandola in cucina più agguerrita che mai. Preparava polpette senza perdere mai di vista l'anello, che teneva sul tavolo, di fianco all'impasto, a farle compagnia.

«Sono le polpette per stasera?»

«Sì, è una sorpresa: volevo provarle con i funghi. Poi tra un po' arriva Sisina con sua cugina Olimpia... sai, la Maga del Bimby... così facciamo un cenone che se lo ricorderanno fino a Otranto.»

«Mi raccomando il pesce... prendilo da Torres a Castellana.»

«Stai tranquillo, che è già tutto organizzato, che il marito di Sisina li conosce. Gli ha trovato pure le conchiglie per il cocktail di gamberetti. Li sciocchiamo, vedrai. Che viene pure quella leghista di Dora che vorrà solo criticare. Mo' la voglio vedere quando si accorge che in bagno abbiamo messo le fotocellule...»

Don Mimì provò un attimo di imbarazzo. Lui non li avrebbe mai voluti mettere i rubinetti con le fotocellule, ma Matilde gli aveva talmente fatto una capa tanta con la questione dell'ambiente, che alla fine si era arreso a un acquisto per lui insensato. Poco lo consolava sapere che erano "la prima famiglia di Polignano" ad averli e ogni volta che andava a fare la pipì gli sembrava di entrare in autogrill. Per fortuna li avevano solo nel bagno grande di sopra, quello con la vasca rotonda e la doccia quadrata, che lei cercava ostinatamente di chiamare "sala da bagno".

Da allora, quando ricevevano visite, Matilde non vedeva l'ora di accompagnare gli ospiti a lavarsi le mani per fare il suo discorsetto ecologista e, soprattutto, vedere quanto ci mettevano a trovare la posizione giusta delle mani perché il rubinetto funzionasse. Lei ci aveva impiegato settimane, prima di imparare, ma da quando l'aveva scoperto, se le lavava e rilavava ogni mezz'ora solo per provare il brivido della tecnologia.

Ora quelle mani pulite impastavano polpette a una velocità che negli ultimi mesi non avevano mai avuto. Da quando Damiano si era sposato, la casa era sembrata a Matilde ancora più vuota e Orlando, anche per via delle sue scelte, aveva cercato di farsi vedere il meno possibile.

Don Mimì pensò proprio a lui, quando vide le strade piene di neve. Chissà come se la sarebbe cavata a venire in macchina da Bari, lui che aveva la guida "a scatti" e che nei posteggi era un disastro: saper parcheggiare è una prerogativa squisitamente eterosessuale, pensava don Mimì, al pari di saper giocare a calcio, fumare sigari o sputare. Aveva però capito che per vivere bene non bisogna preoccuparsi troppo. E comunque Orlando sarebbe venuto in treno.

Così aveva lasciato l'auto in garage e si era fatto quattro passi verso il centro storico, dove le persone lo salutavano con tanto rispetto e poca confidenza, commentando le scie di pino silvestre che lasciava anche in quell'aria frizzante. Aveva già finito i regali, che per lui erano per lo più assegni che avrebbe dato il giorno dopo: "con l'assegno non si sbaglia" gli diceva suo padre, "ma alle donne gli devi regalare solo fiori e gioielli". E lui gli aveva sempre dato retta.

Quando passò davanti a un negozio di ceramiche che faceva affari soprattutto con gli inglesi – *Beautiful! Beautiful!* –, Mimì si fermò a guardare la vetrina per controllare se i suoi baffi erano a posto.

Ma anziché i baffi, la vetrina gli restituì un servizio di bicchieri che gli fecero battere il cuore. Sarebbero stati perfetti per Ninella, per quando avrebbero brindato insieme. Ma si sarebbero ancora visti per brindare? Avrebbe voluto ancora baciarlo?

Mentre se lo chiedeva, ebbe la certezza che in amore occorre innanzitutto porsi delle domande. Non ebbe il coraggio di entrare nel negozio. Si rifugiò nella chiesa Matrice per accendere le solite candele sperando di incontrarla.

Ma Ninella in quel momento non aveva il coraggio di farsi vedere nemmeno in chiesa: pregava solo che, entro sera, i capelli si scurissero un po'. Dalle sue persiane vedeva la signora Labbate sempre in agguato a spiare i piedi dei passanti – «le consiglio le Tiger Snow!» –, anche se Nancy, per farle coraggio, aveva iniziato a dirle che le ricordava davvero Nicole Kidman: "Certo, se avessi qualche lentiggine...".

Solo zia Dora non aveva cambiato opinione, suggerendole di rimediare prima con una tinta fatta in casa, poi con un taglio corto che l'avrebbe ringiovanita. Zio Modesto guardava Ninella di nascosto dicendole di lasciare perdere – «*è pacc'(ie)*, lo sai, *è pacc'(ie)*!» – e riuscì con grande determinazione a convincere sua moglie a fare un riposino.

Rimasta sola, Ninella si fece coraggio e telefonò a Chiara, che anche quando non aveva le risposte riusciva comunque a rasserenarla. Quel giorno, però, trovò la soluzione: «Qui ci vuole Pascal» le disse, e lei toccò il cielo con un dito. Perché Pascal aveva la capacità di vedere più lontano degli altri, e ne sapeva così tante che avrebbe sempre trovato il modo di aiutarti: dal look per la tua festa di laurea al modo per riprendersi un fidanzato. Così, in poche ma concitate telefonate tra Chiara e MariangelaPascal – ormai erano una cosa sola – decisero che sarebbero passati da Ninella nel tardo pomeriggio per dare una sistemata a tutti prima della cena.

L'unica che provò a protestare era Nancy, che voleva una seduta di trucco istantaneo, visto che avrebbe incontrato Tony per "il biscottino delle cinque" nel Cuore di Pietra. Ma Pascal non sarebbe arrivato prima delle sei e mezzo, quindi avrebbe dovuto fare tutto da sola. Quel giorno era stata quasi sempre chiusa in bagno per provare a usare il "dildo", ma ogni volta che lo aveva acceso le era sembrato che il rumore fosse così riconoscibile che tutti, in casa, lo avrebbero scoperto. Così si era affidata al destino e aveva semplicemente fatto qualche esercizio di respirazione, come le consigliavano sui forum. Certo, lei e Tony non avevano molto tempo, ma un'ora sarebbe stata più che sufficiente. E pazienza se la sera non si sarebbe esibita in chiesa: l'importante era non andare a dormire un'altra notte con quella tensione.

Presa dai suoi pensieri, si era scordata gli ultimi

acquisti di Natale, e dire che aveva messo da parte i soldi per comprare un regalino a tutti. E se Chiara si era buttata in profumeria e Ninella in pelletteria, lei aveva scelto la fantasia: calamite, corsi di zumba in dvd, ricariche telefoniche, pure una lezione di prova di yoga per la sua insegnante di canto, Viviana, che era sempre stressata. Ma l'emergenza neve avrebbe giustificato qualche dimenticanza.

La più abile era stata zia Dora, che aveva svuotato cassetti e credenze e, acquistando fantastiche scatole di latta colorate, aveva impacchettato oggetti già in suo possesso e mai usati, chiudendoli con le etichette di Primula Design che si era fatta dare dal più bel negozio di Castelfranco. Dei falsi d'autore, che le avevano permesso di risparmiare senza rinunciare a un gesto di classe.

Da mesi, al telefono, non faceva altro che dire a Ninella "Appena vieni qui ti porto da Primula Design" e quando sua cognata l'aveva vista arrivare in mezzo alla neve con tutte quelle scatole griffate, si era preoccupata di averle comprato "solo" un portafoglio e si era illusa che gli zii avessero risolto i loro disastri finanziari.

In un momento di disattenzione, a Chiara era scappato di dire che la busta della zia al matrimonio era vuota, e la povera ragazza era dovuta ricorrere a tutta la sua arte persuasiva per fermare sua madre già pronta a un'aggressione telefonica: *sta pezzent*. Poi, per fortuna, si era calmata.

E la calma sembrava essere calata all'improvviso su Polignano, che vista dal mare era il più bello dei presepi. Le donne avevano iniziato a prepararsi con anticipo per la messa di mezzanotte e, soprattutto, per il grande pranzo del 25. I vicoli, malgrado il freddo, profumavano di soffritto. Solo la famiglia Scagliusi aveva deciso che si sarebbe dovuto festeggiare con un cenone anche quella sera. Per fortuna c'era il Bimby – vegliato da Matilde come un santo – che Olimpia e Sisina stavano smanettando cercando di fargli fare anche i supplì con la cozza dentro.

15

Nancy aveva guardato quel cielo bianco, sentendolo per una volta amico. Il silenzio della neve ovattava anche i battiti del suo cuore. Si era vestita di nero ma aveva scelto una sciarpa rosa, perché non voleva rinunciare alla propria femminilità. Cercò di non pensare al suo flop dentro il trullo, e anzi si era sentita sollevata quando Tony le aveva dato appuntamento a vico Caverna, lontano da occhi indiscreti. Era a due passi da casa sua, ma in un cortiletto cieco di case per lo più disabitate, per cui correva pochissimi rischi che qualcuno la vedesse. Anche se, nei piccoli paesi, il pericolo è sempre dietro l'angolo.

Per fortuna trovò subito l'ingresso e si fermò. Tony le aveva scritto che non avrebbe dovuto suonare, perché avrebbe lasciato la porta accostata.

Prima di entrare ripensò ai vani tentativi in bagno con il regalo di Carmelina prima, e con le dita poi. Odiava quell'imene con tutta se stessa: era lui il filo sottile che la separava da tutte le ragazze della sua età. Trovò il "respiro zen" e si fece il segno della croce: non sarebbe uscita da quella casetta se prima non se ne fosse liberata.

Carmelina, che ormai si sentiva la Barbara Alberti delle adolescenti, l'aveva solo avvertita che Tony l'avrebbe potuta usare, che sarebbe stato più utile aspettare la persona giusta, perché se lo sarebbe ricordato per il resto della vita. E le aveva insinuato il dubbio che nel trullo non aveva voluto "accontentarla" solo per non illuderla.

Ma Nancy ormai ne aveva fatto una questione di principio. Bevve un sorso di Baileys da una bottiglia di plastica – la vodka al melone le aveva portato sfiga – ed entrò.

Tony era seduto sul divano tranquillo che stava giocando a *Candy Crush* sul telefonino: era così concentrato che le disse solo «Ehi bella, sei arrivata...» senza neanche alzare la testa. Lei, incredibilmente, si rilassò. C'erano molte candele, anche se spente, un divano, un abat-jour, un fischietto di Matera e un piccolo tavolino. Mentre lui finiva la partita, lei prese tempo togliendosi il piumino, perché la faceva sembrare troppo grassa. La maglia nera le fasciava le tette e il freddo le aveva ravvivato le guance. Si stava guardando in un piccolo specchio quando Tony la sorprese da dietro, le mise le mani sugli occhi e cominciò a baciarle il collo.

«Sei tornata, piccola... vieni qui... fatti baciare.»

E lei, per un attimo, pensò che lui potesse sentire l'odore del Baileys.

«Posso andare in bagno un attimo?»

«Come vuoi, baby... io sono qui al tuo servizio.»

Nancy prese la borsa, dove aveva messo spazzolino, dentifricio e collutorio, e per dieci minuti si spazzolò i denti con grande accuratezza. Uscì che sapeva così tanto di mentolo che sembrava appena stata dal dentista. Ma Tony non ci fece caso e nel frattempo aveva acceso tutte le candele. Era così eccitato che non capiva più niente. La prese con dolcezza e iniziò a sussurrarle solo: «Non devi pensare a niente perché ci sono io...». Lei provò a recitare la parte della disinvolta ma lui conosceva troppo bene le ragazze per sapere quanta paura ancora avesse. Ed era quella la sua sfida: trasformare il panico in eccitazione. L'accarezzò così a lungo e così lentamente che lei quasi si dimenticò la ragione per cui era lì. La prese in braccio e la portò nella camera al piano di sotto. L'appoggiò sul letto e le affondò il naso tra le tette: non c'erano finestre, né rumori, né pericoli, e lei sentì che quella volta ce l'avrebbero fatta: «Oh sì...» le scappò dalla bocca, anche se subito si pentì. Ma Tony tornò a guardarla negli occhi, per poi riprendere a baciarla. Ogni tanto la distraeva, per poi tentare un nuovo assalto. Anche per lui l'esperienza al trullo era stato un vero k.o.

Questa volta, però, nessuno dei due sembrava preoccuparsi del tempo. E la neve, là fuori, voleva aiutarli. Nancy s'irrigidì solo quando lui le sfilò le mutandine, ma fu abbastanza abile da non concentrarsi su quella zona. Quindi si lasciò spogliare, in un gioco che le piacque da impazzire. Lui era un trionfo di muscoli e tonicità. Lei lo era decisamente meno, ma a Tony piaceva proprio per quello, l'abbondanza lo faceva uscire di testa.

Si rese conto di amarlo quando, appena capì che provava dolore, le disse: «Non ti preoccupare, piccola, ci sono io che soffro qui con te...». Si sentì così rassicurata che chiuse gli occhi, strinse i denti, si aggrappò con le unghie alla sua schiena e finalmente, al terzo tentativo, lo sentì dentro di sé.

Era troppo concentrata per provare piacere, ma l'idea che ce l'avesse fatta per lei equivaleva a un orgasmo. Lui ogni tanto smetteva e la massaggiava con un olio che a lei sembrava una pozione magica. Era questo quello che voleva?

Quando smise di chiederselo, cominciò ad ansimare, e si sentì finalmente realizzata. Un attaccante della Polimnia era dentro di lei, e non le pareva vero. Il goleador del campionato, per la precisione. La baciava e ripeteva il suo nome a ritmo dei colpi d'anca con cui le stava facendo vedere le stelle. Da lì ad arrivare a un orgasmo ce ne voleva, ma per lei quello equivaleva al massimo del piacere. Si divertì un po' meno quando Tony finì la sua performance e salì subito in bagno a lavarsi, lasciandola sola con le sue gambe aperte e stanche. Nancy si guardò intorno e cercò di ricomporsi, ma non si sentiva né colpevole né zoccola. Era solo fisicamente spompata e confusa su cosa avesse provato. Ma più passavano i minuti, più si convinceva che fosse una bella cosa. Il suo ragazzo era di sopra, che probabilmente le stava preparando una cioccolata calda. Invece ritornò di corsa e, dopo averle dato un bacio – ma senza lingua, come avrebbe specificato a Carmelina – cominciò a rivestirsi a una velocità quasi imbarazzante.

«Devo ancora comprare il regalo a mia sorella, cazzo...»

«Ora?»

«E quando, che sono le sei passate... ma ti vedo bella rilassata... più dell'altra volta. Dài che è andata! Ma facevi finta, quando ansimavi?»

Nancy si sentì crollare in testa il campanile della chiesa Matrice, ma riuscì a difendersi.

«Come avrei potuto fingere con te?»

«In effetti.»

«Ma non possiamo stare ancora un po' qui... vicini?»

«Mi piacerebbe, bella, ma devo andare mo'... co' sta neve è un casino. Tu comunque ti puoi trattenere quanto vuoi... basta che tiri la porta... tanto mio zio si fa i fatti suoi, sa benissimo che qui è un viavai di ragazze.»

«...»

«...»

«Ehi bella, che c'hai... non ti è piaciuto? Non sei contenta mo' che non sei più una verginella? Non era questo che volevi?»

Carmelina gliel'aveva detto: «Fallo pure con lui, ma se t'innamori non venire da me». E Nancy adesso non sapeva che fare.

Pensò che forse avrebbe dovuto essere più previdente e portargli un regalo di Natale, anche solo una ricarica del telefono: magari si sarebbe fermato un po' di più e le avrebbe dato i baci che già le mancavano. Perché quello che voleva Nancy, in fondo, erano soprattutto i baci. Non solo sentirsi uguale alle altre. Lo vide sparire di sopra con una faccia sorridente che non faceva alcuna promessa riguardo a quando si sarebbero rivisti. Quando la salutò, lei aveva due occhi così supplicanti che lui, per farla contenta, le disse: «La prossima volta cambiamo posizione e ti faccio divertire ancora di più».

Rimasta sola in quella casa in cui aveva detto addio alla sua purezza, Nancy pensò che ormai era innamorata pazza.

16

Nel pieno di una nuova crisi per il biondo ramato, Ninella ricevette un messaggio che la emozionò: "Anche se stasera devo stare con lei, sappi che io penserò a te. Dopo le feste ti porto a cena fuori, e senza surgelati. Ross P.S. Spero che la collana sia di tuo gradimento".

Ci aveva messo mezz'ora, l'uomo Bofrost, a scrivere il messaggio ed era molto orgoglioso di quel "sia di tuo gradimento" perché gli sembrava di darsi un tono. Ninella invece l'aveva trovato un po' burocratico, ma aveva apprezzato lo sforzo più di quanto volesse ammettere a se stessa. Andò allo specchio e per una volta non guardò i capelli ma la sua nuova collana turchese. Le piaceva molto, anche se la prospettiva di iniziare una relazione con un uomo fidanzato l'abbacchiava non poco. "Perché gli uomini non hanno mai le palle di lasciare?", si chiedeva. Era arrivata alla conclusione che, per i maschi italiani, dopo un po' di anni la moglie si trasforma in mamma. E una mamma è per sempre: come fai a lasciare chi ti stira, ti cucina e ti perdona ogni volta?

Fu il telefono a distrarla, e a farla ripiombare in un nuovo sogno.

«Sono io.»

«Mimì... da quando mi telefoni da numero privato?»

«Se ti chiamo dal mio numero non mi rispondi più. Così mi sono messo d'impegno e ci sono riuscito... sai che a noi gente di campagna non è che ci piace la tecnologia.»

«So io cosa piace a voi.»

«Smettila, dài... e chiariamo sto fatto: perché non mi rispondi?»

«Tanto se mi devi dire cose di famiglia ci sono tanti modi per farmele sapere... come per il cenone di oggi. È stata un'idea tua?»

«No... ha fatto tutto Matilde... sai com'è, che sta sempre nervosa e deve fare, fare. E ora si è messa in testa che vi deve stupire. Ma tu fregatene e vieni.»

«...»

«Come stai Ninè?»

«Come vuoi che stia. Sto giù, anche se ogni tanto mi concedo qualche distrazione.»

Lo pugnalò così, al telefono, il grande amore che pensava di essere insostituibile e continuava a vivere con la moglie. Aveva detto a Ninella che voleva lasciarla, ma di fatto non ci aveva mai provato.

«...»

«Mimì ci sei?»

«Sì, sì... sto qua. È che non me l'aspettavo che potessi vedere qualcuno.»

«Lo so, ma che *agghje a fè*? Ho solo cinquant'anni.»

Lui si sentì di colpo smarrito.

«Mi manchi, Ninè.»

«Tanto tra poco ci vediamo...»

«Sì, ma non saremo soli.»

«Meglio così. Quando siamo soli combiniamo guai, e io sono stufa di mettermi nei casini. Perché non c'è solo Chiara, ma anche Nancy e non posso essere un esempio così disastroso per una ragazza della sua età.»

«Tu non sarai mai un esempio disastroso per le tue figlie, qualunque sarà la tua scelta.»

«...»

«...»

«...»

«Ci sei Ninella?»

«Ci sono, ci sono. Grazie per queste parole, ma non dirmele più.»

Chiuse la telefonata così, con coraggio e determinazione, in un angolo della sua camera che si affacciava su un mare sempre più piatto e un cielo sempre più fisso. Quell'immagine era lo specchio di come si sentiva: triste. Le lacrime scesero improvvise e incontenibili, e dovette buttarsi sul letto per provare a placarle. Zia Dora, che nel frattempo si era svegliata dal suo pisolino, aveva pensato bene di entrare senza bussare.

«Ma basta Ninella, con questi capelli... non è che non stai bene... è che tu non sei bionda dentro... tutto qui.»

«Ma che ne sai tu... *Venatinn'...*»

Quando zia Dora vide gli occhi pesti di Ninella, ripensò alle sue mani intrecciate a don Mimì durante la festa di San Vito e capì.

«Te lo devi dimenticare, Ninella. È il padre di tuo genero.»

«*Ma che stè dèc(ie)...*»

«Invece ti dico la verità... già avevo capito quando vi siete messi a ballare al matrimonio... ma poi a San Vito... ti credi che non ti ho visto che vi siete dati la mano?»

Ninella la guardò e non aggiunse altro, anche se i suoi occhi chiedevano solo riservatezza: aveva creduto di farla franca, ma si era dimenticata che in una piazza affollata non tutti alzano gli occhi a San Vito.

Quella indicibile confidenza fece tornare temporaneamente il sereno tra le due: i segreti hanno il potere di unire le persone. Zia Dora le promise il silenzio, e la invitò a muoversi e a decidere il look per la serata – lo chiamò proprio così – perché per lei era più importante entrare al "Teatro Petruzzelli" che partecipare alla messa di mezzanotte, che tanto erano tutte uguali. Poi pensò che fosse meglio lasciare un po' sola Ninella e con una scusa se ne tornò in cucina, dove provò a dare una nuova sistemata all'alberello smarrito.

Tutt'altra atmosfera si respirava in casa di Matilde, dove il Bimby stava preparando i piatti del loro primo cenone sotto gli occhi di Olimpia, che iniziava a sentire il peso della responsabilità, mentre la povera Sisina era stata messa a pulire il pesce e le verdure, e a pesare e controllare i tempi. La First Lady, invece, aveva cominciato ad apparecchiare il tavolo ovale con il servizio di "Uccelli di rovo".

Prima l'aveva fatto spostare in modo che, dalla finestra, gli ospiti vedessero meglio l'abete illuminato, che sotto la neve sembrava un pino qualsiasi. Aveva anche sfogliato *Galateo per principianti* per non sbagliare la disposizione delle posate, dei bicchieri, dei centrotavola. Intanto aveva messo Sisina e Olimpia a stilare l'elenco definitivo delle pietanze, controllando che non ci fossero sviste o errori. Godette quando fu certa di avere il capitone, e si convinse che i tortellini in brodo sarebbero stati un vero tocco di eleganza. Poi chiamò Orlando per sapere a che punto era con le pergamene.

Lui pensò che non se la meritava, una madre così, ma non poteva dirglielo, per la gioia di Matilde che capì di poter contare su di lui. E come sentiva l'ansia prendere di nuovo il sopravvento, le bastava riguardare l'anello.

Quando vide suo marito rientrare in salone con gli occhi un po' troppo lucidi, mise di nuovo in dubbio le proprie certezze.

«Che succede, Mimì?»

«Niente... perché?»

«Hai gli occhi che sembra che hai pianto.»

«Ma che t'inventi...»

«Sarà il raffreddore, ti ho sentito stamattina... è normale.»

Aveva fatto tutto da sola, e si era già pentita di ciò che si era lasciata sfuggire. Se finora lui non se n'era andato, è perché lei aveva sempre fatto finta di non vedere quegli occhi ora lucidi, ora lontani.

Don Mimì non aggiunse altro se non che quei piatti con gli uccelli erano proprio "simpatici".

A lei quella parola insinuò il dubbio che forse non era la cena che aveva immaginato, e per un attimo pensò che forse era più adatto il servizio di Richard Ginori con il bordino d'oro.

Ma per lei tradire "Uccelli di rovo" era come tradire se stessa, o Padre Ralph, per cui continuò ad apparecchiare con il *Galateo* in mano, attenta a rispettare le istruzioni. Don Mimì la lasciò fare e si ritirò in camera, mentre in cucina si tritavano chili di mandorle da accompagnare al pollo. Appena arrivò nella stanza, si buttò sul letto ed ebbe la sensazione che nella vita aveva sbagliato tutto.

17

Il centro di Bari era completamente in tilt. La neve, il traffico e gli ultimi acquisti avevano paralizzato la città, che era tutta una corsa e una protesta. Orlando invece se ne stava beato dentro la sua bolla di sapone. Per una volta, nella vita, aveva il coltello dalla parte giusta. Doveva solo stare attento a non dirigerlo verso di sé, esercizio che gli riusciva particolarmente bene. Aveva cacciato di casa l'uomo che gli aveva distrutto il cuore, tenendolo per anni in ostaggio delle proprie pulsioni fedifraghe. Probabilmente ce l'avrebbe fatta anche se il suo magazziniere non si fosse fatto vivo con quel messaggio così di buon auspicio: "Ieri l'ho lasciata... ci vediamo stasera?".

Aveva aspettato quasi un'ora prima di rispondergli, dopo essere stato venti minuti a gongolare con

Daniela per la cacciata dell'Innominato dalla sua esistenza. Lei non gli credeva fino in fondo, ma gli voleva bene anche perché era così. Ovviamente cercò di metterlo in guardia anche sulla nuova relazione che si prospettava. Un eterosessuale che lascia la ragazza il giorno prima di Natale è uno che ti farà passare molti guai: «Gli uomini coraggiosi sono così pochi, che quei pochi li vogliono tutti. Mo' capisci perché so' lesbica?».

Ma Orlando nemmeno l'ascoltava, perché era troppo concentrato a ripensare alla risposta che aveva mandato a Enzo. Alla fine aveva digitato: "Stasera sono a Polignano bloccato dai miei, ma se mi aspetti dopo mezzanotte... io ci sarò", un po' in stile Rossella O'Hara che gli era tanto caro. Daniela avrebbe preferito qualcosa di più sobrio ma lui non ci riuscì.

Daniela avrebbe preferito qualcosa di più sobrio anche quando Orlando scelse le pergamene da Danisi per i menu di sua madre. Ma dopo aver sentito Matilde al telefono in vivavoce che dettava istruzioni, gli ordinò di comprare quelle con gli angioletti: «Fidati di me» gli disse. Lui ne acquistò una ventina, in caso avesse sbagliato a scrivere "chitarrine al ragù di mare".

Il pensiero di rivedere Enzo lo aveva nel frattempo reso così euforico che non fece quasi caso alla inusuale gentilezza di suo fratello Damiano, che si offrì di andarlo a prendere fino a Bari. I treni erano tutti in ritardo e molte corse erano state cancellate.

All'idea di non avere tutta la Sacra Famiglia intorno a sé, la First Lady aveva chiesto a Damiano di prendersi a cuore suo fratello: lei, in realtà, voleva i tanto sognati menu. E lui, dopo aver balbettato come non gli capitava da mesi, era andato a prenderlo senza il tempo né di replicare né di protestare. Sentiva il bisogno di parlare con qualcuno e a volte solo il cuore dei fratelli è in grado di ascoltare e capire.

Così, dopo aver impiegato quasi dieci minuti a caricare nel bagagliaio panettoni artigianali, champagne, regali e le preziose pergamene con gli angioletti, Orlando dovette sentire la confessione di una vigliaccata così imbarazzante che, dopo aver strabuzzato gli occhi, ancora un po' lo menava. A pochi mesi dal matrimonio, Damiano lo avrebbe potuto rendere zio, ma da un'altra donna.

«Come sarebbe che hai messo incinta Alessia? Ma tu sei sposato, coglione.»

«Lo so, ma è successo. È stato un incidente.»

«Non è una spiegazione, Damiano. Tu non sei un cretino, lo so che in fondo non sei un cretino.»

«Invece lo sono, e non so come uscirne. Ho pure perso millecinquecento euro a poker.»

«Non puoi mettere le due cose sullo stesso piano, cazzo!»

Orlando si rese conto di avere davanti una montagna da scalare, ma non si perse d'animo, l'istinto l'obbligava a difendere suo fratello.

«Allora aiutami, ti prego.»

«Mi devi prima spiegare come fai a scopare un'altra se ti sei appena sposato.»

«Veramente sono passati un po' di mesi.»

«Ma allora perché ti sei sposato, Damia'! Potevi fare come Cosimo, che si fa i cazzi suoi alla grande. È pieno di maschi così, non c'è niente di male, ma almeno sono onesti con se stessi. Poi con Alessia, dio mio, quella non vedeva l'ora. E mo' che vuole fare?»

«Ha deciso di abortire.»

«Cazzo.»

«Lo so, è un casino.»

«Be'... è già qualcosa. E quanto vuole?»

«Come fai a saperlo che v...»

«...»

«V...»

«...»

«V...»

«...»

«Vuole i soldi?»

«Damiano, bastava sentire tutte le domande che ci faceva quando stavate insieme... quanti erano gli ettari di papà... e le case... e le masserie... quella pensava solo ai soldi...»

«Vuole venticinquemila euro.»

«Minchia!»

«Tu mi aiuti?»

«Tu sei uno stronzo non solo per le cose che hai fatto, ma anche per quello che mi chiedi. Come fai a non vergognarti nemmeno un po'?»

Damiano non avrebbe mai pensato, nella vita, di subire un cazziatone del genere da suo fratello. Anche se stava in una macchina da sogno con tanto di gomme termiche, si sentiva un vero perdente.

«Orlando, tu sei l'unico che mi può aiutare.»

«Madonna che storia... potrei vendere un po' di titoli, ma la vera domanda è: tu vuoi davvero venirne fuori? Perché sembra che tu voglia solo distruggerti. Perdi soldi a poker, tradisci tua moglie, che schifo di vita stai facendo?»

«Non lo so. Ma tu non hai mai fatto qualcosa da coglione?»

Orlando non ebbe il coraggio di ribattere, e svicolò.

«Oggi parliamo solo di te: Chiara sospetta qualcosa?»

«Non credo. Tra l'altro stiamo provando ad avere un bambino.»

Dopo averlo detto, Damiano abbassò la testa e per poco non perdeva di nuovo il controllo dell'auto allo svincolo per Mola. Il lungo silenzio di suo fratello fu la risposta più chiara che potesse ricevere. In realtà, Orlando si sentiva stranamente sereno: lui, che aveva percorso tutte le strade in salita, lottando a testa alta contro pregiudizi e tradizioni, sembrava aver trovato un equilibrio che non riusciva a spiegare.

«Sono tanto nella merda, Orlando?»

«Sì.»

«Cosa rischio?»

«Al di là che venga fuori tutto questo casino... è

che rischi di fare la stessa vita di papà, che sta a casa con una donna che non ama solo perché ormai pensa che sia tardi per tutto il resto. Te lo ripeto: se non eri innamorato, perché cazzo ti sei sposato?»

«Ma io sono innamorato. Chiara mi piace, credimi, ci sto bene, mi piace stare con lei anche se non facciamo niente di speciale. È solo che quando quella mi chiama penso sempre "che cosa vuoi che sia una scopata"...»

«A volte da una scopata nascono i bambini.»

«Te lo chiedo per l'ultima volta: tu mi aiuti?»

«Io ci provo, ma solo perché oggi è un giorno importante anche per me. Ora però mi raccomando: cerca di sorridere, fai vedere che sei sereno, togliti l'idea di confessare tutto mettendoti a piangere... ti prego.»

Fu in quel momento che Damiano si commosse. Non ebbe però il coraggio di fare altre domande a Orlando, che provava a sorridergli per non mettersi a piangere anche lui. Dopo un po', Enzo rispose al messaggio: "Dimmi a che ore vuoi che venga a prenderti e sarò lì da te".

Dopo averlo letto, guardò in faccia suo fratello e gli disse: «Vedrai che si sistema tutto».

18

La casa di Ninella non era più una casa, ma un salone di bellezza.

Lei stava seduta al centro della cucina, come una matrona, mentre Pascal la guardava con un occhio più chiuso dell'altro, come se dovesse prendere la mira per scoccare una freccia. Voleva troppo bene a Ninella per dirle cosa pensava del suo biondo ramato fatto da Lucia Coiffeur.

In casa era stata invitata anche la signora Labbate, più che altro per evitare che spargesse strane voci su quella tinta che, senza averla vista, lei aveva già commentato con un «sembra Brigitte Nielsen»: l'unico modo per farle tenere chiusa quella bocca era coinvolgerla.

Pascal la puntava con un certo disprezzo, ma Mariangela fu brava a calmarlo solo con una pacca sulla spalla. In fondo non avevano molto tempo e sapeva che se il suo fidanzato s'innervosiva, non gli sarebbe passata fino al giorno dopo. In mancanza di Chiara, chiese aiuto a zia Dora per fare in modo che Pascal non si inalberasse.

Per prima cosa, ci doveva essere meno gente intorno. Ma la zia fu capace di buttare fuori solo il povero Modesto, che mansueto sparì, mentre Nancy si era autoesclusa per stare al telefono con Carmelina e commentare ogni dettaglio del suo primo vero rapporto: ora era convinta di avere allo stesso tempo perso la verginità e provato un orgasmo multiplo. Carmelina cercava di tenerle testa dicendo che l'orgasmo multiplo era una leggenda metropolitana, ma Nancy non si smuoveva dalla sua posizione. Fu un po' meno sicura di sé quando l'amica le chiese se si erano fidanzati: «Siamo solo amici» aveva provato a rispondere e Carmelina l'aveva umiliata con una risata che Nancy avrebbe ricordato fino a mezzanotte.

Ninella, intanto, si era calmata. Sentire Pascal che le diceva «l'importante è che il tuo incarnato sia piuttosto chiaro» l'aveva un po' rincuorata, anche se la frase mal si accompagnava all'espressione del suo viso che mostrava un certo dissenso.

«Qui bisogna abbassare i toni» disse lui come prima cosa, e tutti iniziarono a parlare sottovoce. In realtà, si riferiva ai toni di colore, ma evitò di precisarlo per godersi un po' di quiete. Sentire la signora Labbate e zia Dora di colpo mute fu il primo regalo di Natale che ricevette.

Dalla moka arrivava il profumo del caffè che zia Dora si era messa a preparare non senza aver commentato: «certo che senza cialde sembra il medioevo», ma nessuno le diede retta. Pascal si sentiva invece un pittore davanti alla Gioconda, e per un attimo Mariangela s'ingelosì.

Chiara non era ancora arrivata: il suo ritardo le aveva dato qualche pensiero. Al telefono avevano parlato soprattutto del brodo e della tinta di sua madre, sorvolando su quel test di gravidanza e sull'aria strana del marito, che lei aveva provato a rimuovere. Ma Natale è un momento così esasperato che la scala delle emozioni sembra avere una gerarchia diversa. Come se tutti, in quel periodo, impazzissero un po'.

«Io punterei sul bronzo...»

«Dici?»

«Sì, il bronzo è eleganza, è classe, è Magna Grecia. Tu sei comunque un tipo mediterraneo, Ninella, e anche se hai scelto di farti bionda dobbiamo cavalcare l'onda della Magna Grecia. Così rimani mediterranea, ma con tutta un'altra classe.»

Ninella annuiva senza capire niente. Sperava solo che, una volta finita quella tortura, si piacesse un po' di più. Aveva provato a suggerire di schiarire le sopracciglia, ma Pascal l'aveva guardata con una tale sufficienza che lei stessa quasi negò di averlo detto.

Non fu da meno zia Dora, che quando aveva ripreso coraggio di proferir parola era stata tacciata da lui di un accenno di ricrescita, che lei aveva preso come un affronto personale.

Per fortuna la tensione venne smorzata dall'arrivo del fratello di Ninella, che era passato per fare gli auguri. Da quando si era fidanzato con una donna di Castellana, lo zio Franco si faceva vedere poco, ma regolarmente, portando sempre un po' di ortaggi e una caciotta e prendendosi ogni volta in cambio qualche critica alle spalle per come era vestito. Quando vide i suoi doposci, la signora Labbate si prese la briga di telefonare a suo figlio per cercargli uno scarponcino un po' più civile: non si può andare a trovare i genitori della fidanzata conciati così. E mentre il povero Franco non reagiva all'ennesima bastonata, Pascal intervenne dicendo che il doposci era il modo più elegante e naturale per affrontare quella nevicata imprevista: «Meglio un doposci dignitoso che uno scarponcino imbottito» aveva decretato, e ancora un po' si levava un coro unanime di "W il doposci!".

Lo zio Franco, imbarazzato e felice, trovò solo il coraggio di dire a sua sorella «*Cè st' bellafatt*». Fu il primo, e per il momento l'unico, che sembrò farle un complimento sincero. Chiese se a Chiara poteva piacere un set di asciugamani che le aveva comprato – lo guardarono tutti sbalorditi – ed evitò di domandare dove stavano andando conciate come a un veglione di Capodanno. Aveva paura che non l'avrebbero presa bene.

Zia Dora, mentre aspettava il turno dopo Ninella per farsi truccare, aveva tirato fuori il suo abito per la serata, un vero e proprio inno alla sobrietà: un trionfo di strass che Pascal commentò sgranando gli occhi come la Carfagna.

Solo Nancy, che nel frattempo era tornata tra gli umani e si era stufata di aspettare un messaggio di Tony, disse alla zia che secondo lei era troppo perfino per gli Scagliusi, quel vestito lì. Ninella la redarguì subito pregandola di evitare commenti non richiesti, visto che era sparita due ore senza dare spiegazioni. Nancy si rivide nuda, a gambe larghe, in vico Caverna, e pensò che tutti potessero ancora sentire i gemiti del suo orgasmo multiplo.

Intanto Pascal ricevette una chiamata da un numero privato: pensava fosse la Guaccero, invece era Giancarlo Showman che, con la scusa degli auguri di Natale, voleva sapere se aveva fatto bene o male a partecipare a "Italia's Got Talent" visto che lo avevano eliminato. Pascal gli disse che stava truccando una star e non poteva parlare, facendo ridere tutti, prima di tornare a occuparsi di Ninella. Quando le propose lo "chignon spettinato", ognuno si sentì legittimato a dire la sua: chignon sì, chignon no. Ma Pascal non aveva chiesto il parere di nessuno, nemmeno della povera Ninella, che ormai non sapeva più cosa aspettarsi.

Dopo venti minuti passati a renderlo ora più ordinato, ora più struffato, Ninella si guardò allo specchio e, finalmente, sorrise. Non era più lei, ma era la donna che ogni tanto le sarebbe piaciuto essere. Bionda, coraggiosa, aggressiva, sexy.

«Come sei bella, mamma» si lasciò scappare Nancy, e lei reagì con un momento di commozione che Pascal riuscì a interrompere con i soliti metodi: «Se piangi ora la tua cena di Natale è rovinata, *e capeit*? Ora io e Mariangela dobbiamo andare, perché mica possiamo stare appresso a voi...»

E quando zia Dora lo guardò con gli occhi di una bambina abbandonata al Conad, Pascal decise sbuffando di dare una ripassata di cipria anche a lei.

19

Dopo lo chignon, che mise tutti d'accordo – anche perché ciò che faceva Pascal era legge –, l'ultima discussione di fine pomeriggio fu il regalo da portare a Matilde. Ninella sentiva che avrebbe dovuto comprare qualcosa a Bari, ma ormai era tardi. La signora Labbate propose un buono scarpe, che avrebbero potuto consegnare in una scatola di cristallo: «Basta una telefonata» provò a ripetere nel disinteresse generale.

Nancy, che continuava a vivere in un mondo a sé, propose un weekend a Napoli per due: «Costa poco e fa bella figura» disse. Ninella in realtà non avrebbe mai voluto fare un regalo a Matilde, perché un po' la detestava, un po' si sentiva in colpa nei suoi confronti. Così alla fine cedette alla proposta di zia Dora, che sembrò la più convincente: avrebbero riciclato il regalo di Primula Design che la zia aveva portato per Ninella: «Era un oggetto per te, ma che sta benissimo anche a casa loro, sicuro. È di classe e viene da Castelfranco... così facciamo vedere anche che siamo unite». Davanti a quel messaggio nessuno ebbe da ridire, nemmeno Pascal, ma solo perché si erano fatte le sette. Così aggiunse solo che «era un regalo in linea con questi tempi di crisi», dando una spiegazione filologica a quella scelta.

Mariangela lo sosteneva a tal punto che Chiara quasi non la riconosceva più: era talmente innamorata che non aveva mai nulla da contestargli, perché per lei l'amore era "essere sempre una cosa sola".

Intanto, per rinsaldare i rapporti con la cognata – il loro era amore/odio – Ninella chiese a zia Dora di aiutarla a infilarsi il vestito che si era cucita apposta per le feste. Un abito nero con le maniche a sbuffo, pieno di roselline rosse. Quando lo vide, la zia si sentì così fuori luogo con tutti quegli strass, che fu tentata di cambiare abito, ma Ninella la persuase a desistere.

«Allora, Dora, ti piace?»

«È bello *assè*, Ninella. Quello stasera lascia la moglie...»

«...»

«...»

«*Statte citt...*»

«Ninella mia, ricordati che vengo da Polignano. I nostri occhi vedono anche quando li teniamo chiusi.»

Lei non ebbe il coraggio di ribattere nulla, e si tolse da quell'imbarazzo mettendosi due gocce di profumo. La collana di Rossano luccicava di possibilità e anche se non le pareva troppo adatta ad accompagnare le roselline, decise di tenerla. Lo chignon era bellissimo e il biondo non sembrava più un problema insormontabile. Il trucco "Magna Grecia", poi, le dava nuove sicurezze.

Per non strafare, e per arrivare intatta al "Petruzzelli" senza cadere, scelse scarpe a tacco basso. Pascal e Mariangela decisero di accompagnarli almeno fino all'arco, dove le strade erano un po' più scivolose: ma la neve era ancora fresca, per cui camminare era ancora fattibile.

Ninella si aggrappò a Nancy, che si era fatta mettere un rimmel blu "Katy Perry" e che ancora non aveva ricevuto nessun messaggio da Tony. Ma era così su di giri per essersi innamorata che ogni tanto affondava i piedi nella neve dalla felicità. La signora Labbate li scortò fino alla chiesa, per farsi vedere dai vicini che ora facevano gli auguri, ora si domandavano dove stessero andando: sarebbe piaciuto anche a lei partecipare al cenone dalla First Lady, ma Ninella non se l'era sentita di invitarla. Lei l'abbracciò senza aggiungere altro, mentre la signora Labbate si sentì in dovere di dire: «Per qualsiasi problema, chiamatemi. Mario è a vostra disposizione». Usava suo figlio come lasciapassare per il mondo, e lui era così buono che molti se ne approfittavano, non solo per le scarpe: era anche un ottimo idraulico-elettricista-muratore. Il marito che tutte avrebbero voluto in casa.

Mentre si avviava a passi lenti verso il "Petruzzelli" e le sue luminarie, il gruppetto sembrava un incrocio tra le famiglie Orfei e Casadei. La più appariscente, dopo il piumino elettrico di Nancy, era zia Dora, che sopra l'abito di strass aveva messo una pelliccia argentata rigorosamente sintetica, perché da quando faceva la dieta del riso era diventata un'ambientalista convinta, e parlava solo di "ecopelle e sviluppo sostenibile". Arrivati alla chiesa dei Santi Medici, Pascal e Mariangela li salutarono, e lui in particolare si raccomandò con Ninella per il trucco dei giorni successivi: tutti gli ambrati sì, mentre doveva evitare i colori scuri perché l'avrebbero involgarita. E su quella parola Ninella andò nuovamente in crisi.

Chiamò sua figlia per sapere a che punto fosse, ma Chiara non le rispose. Era ancora a casa dilaniata dal dubbio se dire o meno a Damiano del sospetto che lentamente era tornato a occuparle la mente, allontanando la preoccupazione per il brodo e il pâté. Lui le aveva comprato dei fiori, come gli aveva suggerito Orlando, dettandogli un biglietto in cui scriveva: "Grazie di amarmi per come sono".

Lei era rimasta così spiazzata che dimenticò le sue ultime stranezze e respirò un po' di tranquillità. Pazienza se era rimasta incinta troppo presto.

Pazienza se avrebbe dovuto mollare l'agenzia immobiliare proprio ora. E pazienza se la suocera le aveva copiato il menu.

Si mise un vestito azzurro, si diede una spolverata di terra, fece un'ultima chiamata a Mariangela e decise di lasciare a casa i provini del suo matrimonio. Quella sarebbe stata la vera sorpresa del suo pranzo di Natale. Aggiustò la cravatta a Damiano, gli diede un bacio e disse: «La cosa più bella dei fiori erano le parole che li accompagnavano».

Lui le sorrise e pensò a suo fratello. Gli si riempì il cuore di un orgoglio tale che la giacca sembrò sul punto di esplodere. «Falle capire che la ami» era stato il primo consiglio che gli aveva dato. «Se lei capisce che la ami, potrebbe anche perdonarti. Ma faremo in modo che non sappia mai che ti deve perdonare.»

Mentre accendeva la macchina e liberava il parabrezza, Damiano avrebbe voluto che la vita rallentasse ancora un po', accanto a sua moglie che profumava di fiori, in mezzo alla neve che copriva tutti i rumori.

20

Arrivato all'undicesima pergamena scritta a mano, Orlando era abbastanza sfinito. Aveva provato a convincere sua madre a sfoltire qualcosa – «è proprio necessario mettere "ripieno alla Matilde"?» –, ma la First Lady era stata irremovibile: «Sono i dettagli a rendere il cenone indimenticabile, e la differenza la fanno le parole. L'ho letto nel *Galateo*» gli disse, e lui capì che sua madre ormai l'avevano persa per sempre. Prima di consegnarli, li rilesse a uno a uno per l'ultima volta per evitare che ci fossero errori o dimenticanze:

Gran Cenone di Natale

di Mimì e Matilde Scagliusi

Antipasti

Ostriche
Crudo di mare
Capitone marinato
Fritturina di paranza
Cocktail di gamberetti in conchiglia
Olive ascolane
Polpettine al curry
Supplì alla cozza tarantina
Crudité di verdure

Primi piatti

Chitarrine al ragù di mare
Risotto con crema di zucca e cannolicchi
Tortellini in brodo

Secondi piatti

Capitone al forno con patate novelle
Seppie gratinate con sesamo e pistacchi
Polpette ai porcini

Dessert

Frutta esotica e frutta secca
Cartellate, calzoncelli e dormose
Pandoro ripieno alla Matilde

Quando Matilde vide i menu scritti a mano con gli angioletti sopra, non capì più niente: abbracciò Orlando come se le avesse annunciato un matrimonio con una donna e sparì in fretta per ordinare a Sisina di sistemarli subito sul tavolo ovale, anche se una parte degli antipasti sarebbe stata servita in piedi.

Don Mimì, che era rimasto basito da tutta l'operazione, aveva intanto raggiunto Orlando in studio per fargli capire quanto gli era vicino. Sembrava che stessero dentro l'ufficio di un notaio, pieno di dossier, quadri e mobili. Trovò suo figlio ancora seduto alla scrivania, mentre cercava di riprendersi dalle *sudate carte*. Gli portò un bicchiere di vino, che Orlando accettò con un sorriso per una volta non timido. Era esausto, e la stanchezza aiuta a essere più sinceri. Don Mimì, in realtà, stava facendo di tutto per non essere presente all'arrivo di Ninella, ma al tempo stesso sentiva che era il giorno giusto per parlare nuovamente con suo figlio. Da quando aveva scoperto che aveva una relazione con un uomo, per di più sposato, per di più un suo cliente, non erano quasi più tornati sull'argomento, in un tacito accordo di non fare domande per non avere risposte. Una sorta di omertà affettiva per un quieto vivere senza imbarazzi.

Ma don Mimì, anche se da lontano, non poteva non pensare al futuro di suo figlio. Così la prese alla larga e cominciò a chiedergli del lavoro e del tempo, se avrebbe cambiato macchina o se sarebbe tornato a vivere a Polignano. E quando la conversazione stava tornando sui binari abituali, si fece coraggio e gli chiese:

«Come va l'amore?»

Orlando sgranò gli occhi e rimase un attimo col bicchiere in mano, immobile. Suo padre lo guardava incoraggiante, e suo figlio sentì che si doveva fidare.

«L'amore per me è sempre complicato, lo sai. Ma oggi mi sono liberato di un peso così grande che dobbiamo festeggiare.»

«Allora brindiamo.»

«Se ti fa piacere.»

«Certo che mi fa piacere. E sei felice?»

«Ora ci posso provare.»

«Vedrai che ce la farai, perché te lo meriti. Tu te lo meriti più di tutti noi, sai Orlando? E se qualcuno avrà qualcosa da dire, tu mandali da me.»

«Me la so cavare papà, comunque grazie.»

«E ricordati di non metterti mai con un uomo che non riesce a capire quanto vali.»

Glielo disse con una tale intensità che Orlando fu costretto a spostare gli occhi su un angolo dell'enorme scrivania, dove si trovò incorniciato insieme a Damiano il giorno del suo matrimonio. Era una foto scattata da don Mimì con la sua macchina digitale. I due fratelli non erano in posa, ma sorridevano lo stesso. Chissà di cosa parlavano, e perché suo padre aveva scelto proprio quella. Non glielo chiese perché gli stava salendo il magone e non era ancora pronto a commuoversi davanti a lui. Bevvero insieme ancora un bicchiere di vino senza aggiungere altro, mentre dal piano di sotto giungevano i suoni ripetuti del citofono. Gli ospiti erano arrivati.

Quando le porte dell'ascensore si aprirono, Ninella e zia Dora trovarono davanti a sé un tavolo bianco, rosso e verde – siamo comunque in Italia – allestito per l'aperitivo di benvenuto.

«Abbiamo preparato qualcosina da stuzzicare in piedi» aveva detto Matilde cercando di essere disinvolta, dentro il suo vestito rosso pompeiano che aveva scelto per sfidare la sua rivale. Quando però Ninella si tolse quella coppola anni Trenta e sfoderò il suo "biondo Kidman", Matilde restò senza fiato. La trovò elegante e bellissima. Ma riuscì solo a dire:

«Ah, si è fatta bionda per l'occasione... non pensavo che il nostro cenone improvvisato meritasse tanta importanza.»

«Veramente era una sorpresa che volevo fare domani a mia figlia, ma la sua cena ci ha anticipato.»

Era cominciata così, con le spade, ma per fortuna zia Dora era subito intervenuta portandole un cadeau da parte di tutti loro. Aveva detto proprio "cadeau", che Matilde aveva interpretato come un gesto di supponenza, mentre scrutava l'etichetta di Primula Design come se fosse cibo scaduto: in realtà non leggeva bene senza occhiali. Zia Dora aveva invece iniziato subito la sua tiritera sul negozio più chic di Castelfranco. La First Lady, che fino all'ultimo aveva ripassato il *Galateo per principianti*, si ricordò che i regali si aprono subito, così ordinò a Sisina di offrire ai signori un Cavalleri Grandi Cru 2007.

Don Mimì e Orlando, intanto, erano scesi a salutare, ma quando don Mimì vide Ninella chiese a suo figlio di andare avanti, fermandosi qualche scalino più su. Si aggiustò la cravatta sotto il gilè e aspettò che lei alzasse la testa. Era divina, non perché fosse bionda, ma perché era arrivata. Quando lei capì che stava per comparire anche lui, lo guardò come non faceva da mesi. La vita rallentò solo per loro, ma nessuno se ne accorse.

Per non farsi notare, don Mimì si avvicinò a Matilde mentre scartava il pacco di Primula Design perfettamente confezionato. Dentro, la First Lady ci trovò una zuppiera dipinta a mano che Ninella guardò all'inizio distrattamente, poi con un occhio più che spalancato. Quella zuppiera la conosceva bene: l'aveva regalata lei a zia Dora qualche anno prima, e l'aveva presa a Polignano. Matilde, che riconobbe la mano inconfondibile del ceramista, riuscì però a trattenersi dal fare commenti, mettendo Ninella ancora più in imbarazzo.

A peggiorare la situazione ci si misero le due sorelle di Matilde, giunte faticosamente da Bari: si stupirono che in Veneto si dipingessero ceramiche con motivi così pugliesi.

«Ma noi pugliesi siamo dappertutto» disse zia Dora per togliersi dall'impiccio, rinnegando le sue tendenze leghiste. Zio Modesto, intanto, pensava solo a bere e a mangiare olive ascolane – viveva in un mondo di bisogni primari – mentre Orlando provava a chiamare Damiano, che ancora non era comparso. Lui gli rispose in fretta che Chiara non si sentiva tanto bene e che non sapevano a che ora sarebbero arrivati, ma lo disse con un tono affettuoso e rassicurante.

Orlando si trovò così al centro del salone in stato confusionale: era basito per l'esperienza da "piccolo scrivano fiorentino"; era preoccupato per suo fratello e la paternità; era felice per le parole di suo padre; era eccitato all'idea di rivedere Enzo; era indifferente alla cena organizzata da sua madre. Quando la sentì indicare agli ospiti il bagno del piano di sopra, solo per fargli prendere l'ascensore e mostrargli i rubinetti ecosostenibili, ebbe l'ulteriore conferma che Matilde era fuori di testa.

La doccia quadrata era stata cambiata di recente, con le bocche da idromassaggio che ci volevano ore prima di imparare a usarle. Lei stava giornate intere lì dentro, e se lo era concesso anche quel pomeriggio.

L'acqua calda sulla schiena era l'unica carezza cui potesse ambire, anche se quel giorno uno smeraldo l'aveva fatta sentire particolarmente amata. Così, a turno si sentirono tutti amici dell'ambiente e andarono a lavarsi le mani pur di giocare con le fotocellule dei rubinetti. L'unico che riuscì a farli funzionare al primo tentativo fu lo zio Modesto, perché aveva quell'attimo di calma in più che permetteva all'acqua di scorrere. Gli altri, davanti allo specchio, sembravano o il mago Silvan o Tony Binarelli. Zia Dora, dopo dieci minuti passati a fare le mosse più strane di kung fu, riuscì a far funzionare solo il rubinetto del bidè e si lavò le mani lì.

Matilde invece si era defilata perché non era del tutto convinta della disposizione delle pergamene a tavola: si notano di più se sono aperte o arrotolate? Mentre decideva di tenerle aperte si accorse che si era dimenticata di inserire nell'elenco il pollo alle mandorle, così ordinò a Sisina di farlo sparire dalla circolazione: «Non importa che è buonissimo, se non è sul menu non va servito» disse con un certo nervosismo. In realtà, era tesa perché aveva un solo desiderio: che don Mimì sedesse accanto a lei e lontano da Ninella.

I due, invece, come in una danza di cui erano gli insostituibili protagonisti, si erano salutati con la distanza dei consuoceri, ma poi si erano avvicinati davanti a un bicchiere di Franciacorta – Matilde si era fissata col Made in Italy – e avevano iniziato a parlare di tutto e di niente, come innamorati clandestini. Non si guardavano troppo negli occhi, non si toccavano, ma erano felici. Stare nella stessa stanza era la vera festa per loro.

Senza che lui le dicesse nulla, Ninella capì che il "biondo Kidman" era stato apprezzato, perché don

Mimì le guardava la testa con un pizzico di provocazione. Questo, in fondo, era don Mimì: un seduttore, che però era innamorato di una donna sola. E lei un po' ci giocava un po' no, sorvegliata a distanza da sua cognata e dalle sorelle di Matilde, che senza dire molto dicevano tutto.

L'unica che aveva poco da dire – e quel poco era "Voglio morire" – era Nancy. Fino a un attimo prima era al settimo cielo per aver conosciuto l'amore. Ora si sentiva sola, sconsolata, ingrassata e abbandonata. Tony non le aveva più risposto ai messaggi, né a whatsapp, e lei aveva dato tutta la colpa alla sua penosa performance sessuale. Aveva pensato solo a sé e poco al piacere del suo uomo. Neanche l'idea di mollare quella cena e andare a cantare in chiesa la rendeva felice: l'erede di Aretha Franklin era ormai già sbiadita nei ricordi di mezza Polignano.

Quando sei innamorata, non ci sono palcoscenici che possano riempire la tua solitudine più della telefonata del ragazzo che ami. E lei sognava solo una chiamata di Tony. Era lui il ragazzo con cui voleva stare. Uno che la prima volta ti bacia in quel modo non è solo uno che ci sa fare. È uno che ti ama.

Come aveva fatto a essere così egoista? Con gli occhi persi nel vuoto di quel ricordo che le sembrava ormai appartenere al passato, Nancy non si accorse nemmeno dell'arrivo di sua sorella, che cercava di nascondere con il sorriso una nausea che le aveva fatto vomitare l'anima, mentre finiva di preparare il ragù di carne per il giorno dopo.

Damiano aveva sentito tutto ma aveva fatto finta di niente, soprattutto quando nella spazzatura aveva trovato la scatola del test di gravidanza e non aveva voluto capirne di più. Arrivò al "Petruzzelli" illuminato come un luna park che non sapeva più a quale santo votarsi. Suo fratello cercò di tranquillizzarlo e lo abbracciò davanti a un vassoio di frittura di paranza. Gli disse solo: «Ce la faremo», e Damiano si chiese dove la trovava un'altra persona che usava il plurale per parlare dei suoi guai. Matilde aveva però fretta che tutti si sedessero a tavola per mostrare i menu di Orlando e soprattutto perché i cibi fatti col Bimby è bene che non vengano riscaldati.

Così mandò gli sposi in bagno a lavarsi le mani. Anche se avevano già visto i rubinetti a fotocellula, Matilde ci teneva a precisare che le ragioni della sua insistenza erano sostanzialmente igieniche. Prima salì Damiano. Poi Chiara, che ne approfittò per farsi un'ultima vomitatina.

Mentre gli ospiti stavano avvicinandosi al grande tavolo ovale, don Mimì pensò di riscaldare un po' quell'atmosfera ingessata facendo un brindisi al loro primo cenone insieme. Riempì personalmente i bicchieri stappando un'altra bottiglia, e fu ben attento a non sfiorare mai Ninella, come se avessero litigato. I due cuori battevano a mille, ma lo sapevano solo loro. Fu quando Matilde alzò il calice che notò un'assenza cui non aveva fatto caso nel trambusto dell'ultima ora.

L'anello.

La sua nuova ragione di vita.

Lo smeraldo della riscossa non era più al suo dito.

Si guardò intorno smarrita, fermò tutti proprio al momento del cin cin e corse al piano di sopra per recuperarlo in bagno.

21

Lo specchio vide Matilde e si spaventò.

Una donna che ha appena scoperto un cadavere e ha così paura da non riuscire nemmeno a urlare, questo sembrava lei. L'abito rosso pompeiano sembrava stridere con quei gesti di colpo affannati: l'anello con lo smeraldo non c'era più. L'aveva appoggiato sul lavandino per il timore di perderlo, ne era sicura, e ora era scomparso.

Mentre come un'ossessa alzava e abbassava le *lavettes* che aveva messo per gli ospiti, si avviò inaspettatamente il rubinetto a fotocellula, che le schizzò il vestito. Le venne il dubbio di aver lasciato l'anello sul comodino, per cui corse in camera sui suoi mezzi tacchi piena di speranza. Ma appena entrò capì che non aveva alcuna possibilità di ritrovarlo: era tutto così in ordine che l'avrebbe visto subito. Nella disperazione si convinse che fosse uno scherzo di suo marito: sarebbe stato un bellissimo gesto di fronte a Ninella. Lui le avrebbe restituito l'anello, rinnovandole la promessa davanti alla donna che glielo voleva portare via. Così tornò in salone a passi lesti, pronta a ricevere finalmente la sua gratificazione pubblica. Fu una delle poche volte in cui passò per il suo corridoio Thun senza guardare il presepe nella teca.

Arrivò giù mentre tutti stavano conversando noncuranti di lei, anche se con i bicchieri ancora pieni in mano. Fu Orlando ad accorgersi che qualcosa non andava, e le chiese cosa fosse successo. Lei si fermò sul penultimo gradino, e iniziò a parlare come se fosse in cima a un palco.

«Scusate ma non trovo più l'anello che mio marito mi ha appena regalato... e credo di avere capito che si tratta di uno scherzo.»

La guardarono tutti esterrefatti.

«Dài, tiralo fuori Mimì... lo so che sei stato tu.»

Zia Dora guardò Ninella per cercare di calmarla, ma lo fece in modo troppo evidente. Uno sguardo che non sfuggì a nessuno.

«Ma va', Mati... tu l'anello l'hai sempre avuto al dito da stamattina. L'avrai perso da qualche parte.»

Sentirlo che la chiamava Mati fu la seconda batosta per Ninella.

«Ma cosa dici? Io non ho mai perso niente in vita mia, ho mai perso qualcosa? Neanche un ombrello.

L'ho lasciato sul lavandino, ne sono sicura... e poi tu ti sei fatto una doccia di mezz'ora.»

«Per prima cosa, quanto sto in bagno sono fatti miei. Come seconda cosa, *no n' sacc(ie) null* del tuo anello.»

Nel salone scese un'aria di colpo pesante. In un attimo, le certezze di Matilde si sciolsero come neve nel mare. Suo marito era tornato alla solita voce distaccata, oltremodo indurita nei toni. Il silenzio imbarazzato venne interrotto solo dal brusio delle sorelle e dalla voce di zia Dora, che aveva già iniziato a fare le prime supposizioni: «Matilde... non è che l'ha rimesso nella scatola? Matilde... non è che per sbaglio è caduto nel tubo mentre si lavava le mani?».

La First Lady non solo non aveva intenzione di rispondere, ma aveva già voglia di chiamare i carabinieri e mettere in fila i sospettati. Alzò il tono di voce di almeno due ottave.

«Io vi posso solo dire che non ho parole. Sono qui a casa mia, con ospiti invitati da me, e non sono neanche libera di lasciare un anello in bagno quattro secondi che questo sparisce? Ma in che Paese viviamo?»

Chiara guardò Damiano. Anche Orlando guardò Damiano. Don Mimì guardò le sue cognate. Zio Modesto guardò per terra. Zia Dora guardò Ninella e Ninella guardò zia Dora. Le sorelle guardarono Matilde e Matilde guardò tutti, anche i figli e il marito, prima di puntare il dito sull'unica persona che si stava nervosamente divorando le unghie.

«Sbaglio o sei un po' nervosa, signorina?»

«Mah... veramente... mi sto solo annoiando!»

Zia Dora, che sapeva quanto erano rispettose le ragazze di Castelfranco, ritenne giusto intervenire.

«Nancy! Come ti permetti di rispondere così a Matilde...»

«Mi scusi, signora.»

«Senti, signorina... io so benissimo che sei una brava ragazza ma hai diciassette anni e a quell'età si commettono un sacco di stupidaggini.»

Ninella intuì dove la First Lady voleva andare a parare ma sua cognata le fece nuovamente cenno di stare calma, insinuandole i dubbi proprio su di lei. Zia Dora non stava passando un momento facile, era evidente, altrimenti non si sarebbe spiegata né la busta vuota al matrimonio, né i regali riciclati di Primula Design. E poi le piacevano le belle cose e la bella vita, e sapeva essere scaltra più di chiunque altro. Ma la priorità per Ninella era al momento difendere sua figlia, che però sembrava in pieno attacco di panico. Non solo si stava mangiando le unghie ma le lacrime stavano per sciogliere il mascara blu.

Ninella la guardò più intimidatoria di Pascal, e con il coraggio che non le era mai mancato invitò sua figlia a rispondere tranquillamente alla signora. Ma Nancy non parlava, tremava. Fu Matilde che prese la parola, mentre don Mimì fece cenno ai suoi figli di stare al proprio posto. "Quando la guerra è tra donne, meglio lasciare che si scannino tra di loro, tanto tornano sempre a farsi consolare da noi" gli aveva detto suo padre, e lui non l'aveva dimenticato.

La povera Sisina intervenne in quel momento dicendo che il Bimby faceva un rumore strano, e la frase fu così stonata che Ninella e zia Dora scoppiarono a ridere. Tutta quella messinscena formale e poi la cena era stata preparata con un robottino! Matilde era così tesa che la liquidò senza aggiungere una parola, e invitò Nancy a spiegare come mai era stata così tanto tempo in bagno, e perché si era portata dietro anche la borsa.

«Perché sono una ragazza.»

«Be', certo... quello lo vedo.»

Zia Dora trattenne Ninella dandole un pizzico, e iniziò lentamente a dubitare della povera Nancy. Era così tremante che sembrava tutto fuorché innocente.

«Sei sicura di non aver visto nessun anello quando eri in bagno?»

«No, signora... niente. Era tutto pulitissimo, anche il bidè.»

«Se non ti dispiace, vorrei dare un'occhiata alla tua borsa.»

Nancy si sentì morire.

«La borsa no, la prego.»

Chiara guardò sua madre, che non si tenne più. Nessuno poteva dubitare dell'onestà delle sue figlie. Prese in mano la situazione e disse a Matilde che non si poteva permettere di avere un sospetto del genere. Guardò Nancy e capì che l'unico modo per difenderla era dimostrare la sua innocenza.

«Nancy, facciamo vedere alla signora che si sbaglia. Dammi la borsa.»

«Ma mamma...»

«Nancy, dammi la borsa, ho detto. SUBITO!»

Nancy si fece coraggio, prese la borsa e la consegnò a sua madre. Era piccola, con poche tasche e poche cose. Tutti guardavano Matilde come se fosse una Crudelia De Mon in carne e ossa, riconoscendole però il grande talento da detective. Ninella tirò fuori una trousse. Tirò fuori un libro di canti gregoriani. Una scatola di Vigorsol Air. Un fazzoletto di carta con un numero di telefono. Alla fine sgranò gli occhi, e tutti videro la ghigliottina per la povera Nancy. Quando Ninella prese in mano il vibratore, malauguratamente lo accese, ma fu così pronta da passarlo subito a Nancy dicendole: «Guarda che ti vibra il cellulare, rispondi!», facendolo sparire all'istante dalla vista di tutti. Sua figlia stette al gioco e iniziò a parlare con Carmelina come se nulla fosse: «Auguri, auguri anche a te!».

Tutti fecero finta di non capire e ciascuno si sentì un po' più colpevole.

22

Non potendo risolvere la situazione, don Mimì presese sua moglie da un lato e le ordinò di lasciare perdere. Come al solito lo fece con poche parole e senza alzare i toni, ma fu più chiaro delle luminarie che scintillavano sul tetto della loro casa. Quella era la cena di Natale che lei aveva voluto, e ora non si poteva buttare tutto all'aria per uno stupido anello. Disse proprio così: "stupido", e a lei mancò la terra sotto i piedi. «Te ne ricompro un altro uguale, non ti preoccupare, basta che la pianti» e lei non seppe se essere più felice o più triste. Aveva organizzato quella cena solo per esibire quella prova d'amore, e ora si ritrovava sola e derubata. "Pezzenti" pensava. "Mi sono messa in casa dei pezzenti."

Il fatto, in realtà, aveva sconvolto un po' tutti e ciascuno si era improvvisato detective. Gli unici non sospettati erano Matilde e don Mimì, anche se Ninella per un attimo aveva pensato che potesse essere un gesto per dirle che l'amava ancora, che l'avrebbe amata ancora. A lei bastava sentirsi amata da lontano. Per un attimo, si era immaginata Mimì che lanciava l'anello dalla finestra, in mezzo alla neve. Ma poi aveva visto zia Dora con gli occhi persi, e le era tornata in mente la busta vuota al matrimonio e il fatto che fosse stata troppo tempo in bagno.

«Dora...»

«Dimmi Ninella, che c'è?»

«Non è che hai qualche problema che non mi vuoi dire? Perché puoi sempre contare su di me... tra il lavoro e la reversibilità di mio marito ce la caviamo alla grande...»

Zia Dora capì al volo il senso di quel discorso e se la sarebbe mangiata con tutti i capelli tinti.

«Senti a me: non sono venuta qui per farmi umiliare, *e capeit 'u fatt*?»

«Ma io non sto insinuando niente, non ti scaldare...»

«Come non stai insinuando? Mo' solo perché ho riciclato un regalo adesso dici che vengo a rubare?»

Matilde sentì tutto e non riuscì a trattenersi.

«Ah, allora l'ha riciclato... Altro che Primula Design.»

Fu così acida, la First Lady, che Ninella si sentì in dovere di difendere la cognata che avrebbe strozzato poco prima.

«Purtroppo abbiamo saputo tardi di questa cena... e con il tempo così brutto non abbiamo fatto in tempo ad andare a Bari per prendere qualcosa di adeguato a lei. È stata un'idea mia di usare quella carta di Primula Design, che male c'è?»

«Oh, nessun male, ci mancherebbe.»

Mentre l'atmosfera era sempre meno festosa, Mimì chiese a Sisina di passare con i supplì. La variante con la cozza dentro non era stata una buona idea. D'altronde Olimpia l'aveva detto subito, che era rischioso sfidare il Bimby, ma Matilde aveva insistito.

La First Lady, dopo averne assaggiata una, si convinse che in fondo non erano così crude. Tutti, invece, si permisero di dire la loro. I supplì allontanarono rapidamente sospetti e malumori, e l'alcol che veniva servito goffamente da Sisina tappò le bocche di quasi tutti gli ospiti. Solo Chiara faceva finta di bere: si sentiva sempre più incinta e ogni sensazione sembrava darle conferma. Damiano la guardava con occhi affettuosi e preoccupati, e ogni tanto scrutava il telefono per vedere se Alessia aveva risposto al suo messaggio in cui le aveva scritto solo: "Non mi rovinare, ti prego".

Nell'essenzialità di quel messaggio, lei aveva avuto un primo sprazzo di umanità. Quelle parole si erano insinuate nella sua testa e l'avevano accompagnata fino in chiesa, dove stava per cominciare la veglia. Alessia aveva deciso di andarci soprattutto per ripulirsi l'immagine. Aveva comunque pensato di non rispondere nulla: godeva soprattutto nel saperlo in ostaggio, anche se più passava il tempo più si sentiva sola.

Nel frattempo, la sua "rivale" Chiara era in balia della nausea, anche se cercava di trasmettere a tutti serenità. In fondo, per quanto non amasse sua suocera, le spiaceva che proprio quella sera le fosse sparito l'anello. Lei, più che di zia Dora, sospettava di zio Modesto: il buono per antonomasia, il "vivi e lascia vivere", il finto tonto che per accontentare la moglie si mette in tasca uno smeraldo da diecimila euro. Prova di colpevolezza era che, da quando Matilde ne aveva dichiarato la sparizione, lui aveva fatto finta di niente. Si sentì invece lei, colpevole, quando lo zio le disse:

«Non è che hai qualche annuncio da fare?»

«Che annuncio, zio?»

«Non hai bevuto neanche un goccio di vino e non hai assaggiato nemmeno un'ostrica. E quindi è normale che lo zio pensa subito a una bella notizia.»

Chiara lo guardò cercando di non digerirgli in faccia, e pensò che non poteva essere stato lui a rubare l'anello. Non gli rispose, e lui capì tutto senza aggiungere altro. Era uno di quelli che sembra non comprendano mai un tubo e poi risolvono l'enigma.

A quel punto della cena, ognuno si sentiva sempre più Sherlock Holmes. Esclusa Matilde, gli altri sostenevano a turno che l'anello potesse essere scivolato da qualche parte. Damiano si era anche offerto di smontare il tubo del lavandino, gesto che l'aveva scagionato quasi subito. Sempre più occhi, invece, puntavano l'uomo meno vivace della serata, Orlando, che da qualche ora viveva nel suo mondo in cui non voleva che nessuno entrasse. Enzo gli aveva scritto: "Ma quando finisce sta cena?" e lui aveva sentito le farfalle nello stomaco. Non c'è dieta più facile di quando ci s'innamora o di quando si viene lasciati. Sua madre, invece, che continuava a guardarlo perché non riusciva ad accettare che non si sarebbe sposato mai, per lo meno con una donna, ebbe una nuova, delirante illuminazione: doveva essere stato lui. Aveva rubato l'anello come dispetto per aver dovuto scrivere a mano undici menu su pergamena. E ora si era seduto in un angolo del salone sentendosi in colpa, con gli occhi incollati più all'iPhone che al cocktail di gamberetti in conchiglia.

Così, sovreccitata per aver trovato la soluzione del problema, salì qualche gradino della scala e prese di nuovo la parola con un bicchiere in mano, dimenticando di essere la madre dell'indiziato.

«Carissimi, scusate... volevo dirvi ancora una cosa. So benissimo chi ha preso l'anello... e cosa ha voluto significare con quel gesto. Sono stata troppo esigente con le mie richieste, ma volevo un Natale perfetto...»

Più che Orlando, si girarono tutti verso la povera Sisina, mentre Matilde continuava a parlare fissando il vuoto.

«... Quindi, messaggio ricevuto! Se mi fai ritrovare l'anello entro fine serata, non succederà mai più. Promesso.»

Gli ospiti la scrutarono interrogativi – "avrà mica bevuto a stomaco vuoto?" – ad eccezione delle sue sorelle e di Nancy, che la odiava con tutta se stessa. Da quando le aveva intimato di darle la borsetta, era convinta che la sua presunzione di innocenza fosse distrutta per sempre.

Don Mimì, dopo i gamberetti in conchiglia, aveva cominciato a perdere la pazienza. Era seriamente tentato di far riaprire La Perla Nera per regalare a sua moglie un nuovo anello pur di voltare pagina. Non gliene importava più di tanto che Ninella lo vedesse: era sicuro che lei conoscesse il suo cuore meglio di lui, per cui avrebbe interpretato quel gesto come l'atto meschino di un uomo codardo, che non avrebbe mai avuto veramente il coraggio di lasciare sua moglie e le sue polpette.

Nei pochi momenti di lucidità di quella cena sempre più surreale – anche se erano solo agli antipasti – Ninella fece finta di preoccuparsi di come stessero lo chignon con il trucco "Magna Grecia" e la collana turchese dell'uomo Bofrost, che continuava a chiamarla inutilmente ogni venti minuti. Aveva paura che tutti si accorgessero di quanto era innamorata.

23

In un giorno solo, grazie a Sisina, a sua cugina e all'ospite segreto, Matilde era riuscita a far preparare chitarrine al ragù di mare, risotto con crema di zucca e cannolicchi e tortellini in brodo, che sarebbero stati il colpo al cuore di Chiara, che puntava proprio sul brodo per sorprendere gli ospiti a casa sua il giorno dopo. Tutto quello sforzo per poi sentirsi dire "Ma l'abbiamo già mangiato ieri sera!" le stava facendo saltare definitivamente i nervi.

Matilde, in effetti, aveva pensato ai primi come se si trattasse di una cena di matrimonio. Per lei, teoricamente, lo era. Ma con la sparizione del suo smeraldo, tutto le era sembrato privo di senso. Don Mimì era dovuto ricorrere per la seconda volta alla sua autorità per fare in modo che la serata procedesse. E stavolta aveva alzato la voce. L'aveva portata in cucina e, noncurante che ci fossero Sisina e Olimpia, le aveva urlato: «È STATA UN'IDEA TUA E NON POSSIAMO PERDERE LA FACCIA PER UN ANELLO! QUINDI MO' BASTA!» ed erano tornati al tavolo come se nulla fosse. La First Lady, che non voleva perdere soprattutto il marito, si convinse che si trattava solo di un incubo che lei e don Mimì avrebbero superato insieme. Come una pazza, dopo essersi consultata con le sorelle, decise quindi di fare un altro brindisi euforico al Natale: «Che bello avervi qui!» disse disperata, e Nancy la guardò con un tale disprezzo che lei fu costretta a girarsi da un'altra parte.

Il tavolo ovale al centro del salone era un potpourri di sobrietà: candelabri d'argento, candele rosse, centrotavola di agrifoglio e rose, servizio di piatti "Uccelli di Rovo", pergamene con il menu scritto a mano e portatovaglioli verdi che dovevano richiamare lo smeraldo. Zia Dora ebbe subito da ridire sottovoce che i veri ricchi non usano i portatovaglioli, perché li cambiano ogni volta, ma Ninella le suggerì che sarebbe stato meglio tenere quell'opinione per sé. «*Come sì pignola, mamma mè*» si sentì dire.

Sisina serviva le portate facendosi aiutare dalla cugina. Le due donne erano molto tese perché Matilde era stata imperativa: «Stasera non dobbiamo sbagliare!» aveva detto cercando di fare squadra.

Ogni tanto si guardava il dito senza anello e le veniva da piangere, ma la presenza di don Mimì al suo fianco la tranquillizzava abbastanza. Era un po' meno tranquilla per il fatto che Ninella si era seduta proprio accanto a lui. Perché mentre zio Modesto si stava accomodando di fianco a don Mimì – l'unico che se lo filava un po' –, zia Dora era intervenuta dicendo che secondo il galateo si sarebbero dovuti alternare un uomo e una donna. Così aveva spinto Ninella al posto di zio Modesto. Di fronte all'imbarazzo generale, tutti cercarono di sedersi senza obiettare e senza fare troppe storie, come se ci fosse un tacito accordo che quei due dovessero mettersi vicini.

Ninella e Mimì ovviamente s'ignorarono quasi tutto il tempo rendendosi ancora più colpevoli. Nella loro testa, sapevano che prima o poi sarebbe tornato il momento di ballare insieme. Per fortuna zia Dora parlava per tutti conquistando anche le sorelle di Matilde, che avevano iniziato a escluderla come responsabile del furto dell'anello. La prima indiziata continuava a essere Nancy, perché una ragazza che non vuole aprire la borsa è una ragazza capace di nascondere tutto. Oltre a Ninella, Chiara era l'unica che sembrava stare dalla sua parte: malgrado la nausea, malgrado sua suocera le avesse copiato l'idea di quel maledetto brodo, trovò il tempo di farle l'occhiolino e di regalarle un sorriso pieno di comprensione. Solo i fratelli si ricordano di te quando stai affondando.

Anche Orlando si preoccupava per Damiano, che non aveva balbettato per quasi tutta la cena, e questo era comunque un buon segno: in realtà, era così desolato che non aveva nemmeno più la forza di essere teso. Non riusciva invece a rilassarsi la povera Sisina, che continuava a servire il vino goffamente rischiando di farlo uscire dal bicchiere e tutti a gridare "fermati, Sisina, fermati", e lei ogni volta si scusava come se stesse servendo i Middleton.

Era incredibilmente più abile sua cugina, che sembrava avesse sempre fatto la cameriera, mentre lei in realtà cercava solo di sbrigarsi, perché voleva raggiungere i suoi familiari all'uscita della messa in paese. Vedere la chiesa Matrice con la neve le aveva fatto battere il cuore, e aveva chiesto a san Vito di fare in modo di arrivare almeno per la fine.

Padre Gianni, intanto, stava facendo una predica tutta incentrata sulla bontà e il perdono, invitando la chiesa gremita a farsi un esame di coscienza, ricordando che Gesù è misericordioso e non è mai troppo tardi per pentirsi e chiedere scusa.

Anche Alessia era tra i presenti e, incredibilmente, era attenta. Si sentiva così sola e invisibile agli occhi di tutti che ascoltare era l'unica cosa che potesse fare. Poi però padre Gianni era uscito fuori tema, come gli capitava spesso, e aveva iniziato a parlare di corruzione e del "Dio denaro", che ci porta solo frustrazione e solitudine, mentre l'unico investimento sicuro è la bontà. E a quel punto l'aveva guardata. Più che altro, lei avvertì che la stava guardando. Si sentì di colpo infelice. In pancia non aveva un bambino, ma un macigno fatto di menzogne, ambizione, scaltrezza e cattiveria.

Così, noncurante degli altri fedeli, più attenti alle mise invernali che alle parole di padre Gianni, Alessia uscì dalla chiesa e con le lacrime agli occhi, senza un attimo di esitazione, rispose d'impulso a Damiano:

"Non sono incinta. Sono solo cattiva. Buon Natale."

Lo inviò senza pensarci e si sentì così leggera che le sue lacrime si tinsero di gioia. La neve si era fermata e l'albero di fianco alla chiesa sembrava un inno di bellezza, anche se non veniva dalla Norvegia. Alessia rientrò in chiesa intonando a bassa voce *Gioite che è nato*, il canto che Nancy aveva preparato per settimane.

Quando Damiano sentì il telefono vibrargli in tasca, ebbe uno strano presentimento. I messaggi importanti hanno un suono diverso, anche se apparentemente sono uguali agli altri. Così, appena vide che proveniva da Rodolfo – il nome con cui aveva "memorizzato" Alessia – decise di leggerlo in camera sua. Orlando lo guardò andare via preoccupato, e per evitare che si notasse troppo si sentì in dovere di dire qualcosa: «Ma il ragù di mare ha un sapore un po' strano, no?».

Matilde lo fissò con i suoi occhi da Iriza, a Ninella scappò un sorriso e zia Dora non vide l'ora di proclamare: «Ah, io certi ragù li riconosco subito... perché hanno un sapore un po' particolare. Sapore di Bimby... che è comunque un buon sapore».

Non era proprio serata, per la povera Matilde. Più affranta che arrabbiata, si arrese al suo destino di donna sconfitta su tutti i fronti. A poco le servirono i complimenti per il capitone al forno e le seppie gratinate con sesamo e pistacchi. Messa nell'angolo, riuscì a difendersi con l'unica arma che le era rimasta a disposizione, oltre al vino: le polpette ai porcini. Smise di fare la signora, si alzò e andò a servirle lei stessa.

«Sfido chiunque a dire che queste le ho fatte col robottino» disse con un tono così arrendevole che tutti decisero di farle un applauso, a cominciare da don Mimì. E mentre Ninella si sentiva in colpa e a Chiara veniva da vomitare il capitone, Damiano era appena risorto in camera sua, e piangeva di felicità. L'incubo era finito, ed era successo molto prima del previsto.

Era salvo e sarebbe stato salvo, se solo non avesse più commesso errori. Si guardò allo specchio e per una volta si vide per com'era veramente: un viziato, che pensa di avere diritto a tutto senza rinunciare a niente. Quando suo fratello salì a riprenderselo, lo trovò tra il commosso e il sorridente. Lessero insieme il messaggio con lo stesso scrupolo con cui verifichi i numeri di un biglietto vincente. Si abbracciarono con dolcezza, e si sentirono di colpo sollevati.

«Tu però Damiano hai bisogno di farti aiutare da qualcuno, perché sono sicuro che appena ti lascio solo ti rimetti nei guai o con le donne, o con il gioco, o con te stesso. Da solo non ce la puoi fare.»

«Hai ragione... dopo le feste ne riparliamo.»

«E non sparire che ti vengo a prendere, *e capeit*?»

Non ebbero il tempo di dirsi di più perché li chiamarono a gran voce per assaggiare "le polpette più buone di tutta la Puglia".

Fu proprio durante quel momento festoso che, senza battere ciglio, Ninella sentì la mano di don Mimì che la cercava sotto il tavolo. Era una mano sicura, dolce, ferma. Era la mano dell'unico uomo con cui avrebbe voluto ballare un tango. E mentre parlava rivolta a zio Modesto per non destare sospetti, le sue dita e quelle di don Mimì giocavano sotto la tovaglia di organza.

Anche se erano seduti, stavano di nuovo ballando. Lui la conduceva tenendole la mano dietro la schiena, una rosa in bocca. Lei per una volta lo guardava senza paura. Non sbagliavano un passo né una figura, come se avessero ballato insieme da una vita. Non erano a Polignano, ma a Buenos Aires a fine serata, quando la pista è solo per te. In quel ballo che era solo nella sua testa, Ninella capì che un po' di felicità se la meritava anche lei. Don Mimì capì che quella donna era ancora sua e le strinse la mano così forte che quasi le fece male.

Matilde per fortuna non si accorse di nulla, perché si era finalmente rilassata e ascoltava divertita i racconti di zia Dora, che era mezza ubriaca e iniziava a straparlare davanti allo sguardo impotente dello zio Modesto. E appena lei ricordò la volta in cui lo convinse a rubare gli accappatoi al Cavalieri di Roma, Matilde si alzò in piedi come un serial killer e gridò: «L'anello! L'anello!», prima di sparire al piano di sopra salendo le scale a due a due.

24

Matilde sembrava Materazzi quando aveva segnato il pareggio con la Francia nella finale dei Mondiali. Le dita al cielo, si sentiva così forte che sarebbe stata pronta anche a ricevere una testata da Zidane. Il suo amatissimo anello era nella tasca dell'accappatoio, dove l'aveva messo per il timore di perderlo nei meandri della doccia quadrata. Come aveva potuto dubitare di una ragazzina in preda agli ormoni? O di una rivale che da quando si era tinta sembrava una ragazza dell'Est cantata da Baglioni?

E pazienza se avevano scoperto che aveva preparato la cena col Bimby: in fondo le sue polpette erano inimitabili, e nessuna delle sue invitate avrebbe mai potuto servire le chitarrine in piatti che erano un amore.

S'infilò l'anello al dito e restò qualche istante davanti allo specchio a festeggiare con se stessa. Era più bello di come se lo ricordava: nemmeno a Bari li vendevano smeraldi così.

Per tornare giù, anziché le scale, prese l'ascensore. Stava per cominciare una nuova serata: la serata che aveva sognato. Avrebbe fatto un ingresso più trionfale, un po' stile Krystle Carrington di "Dynasty", anche se forse per il pubblico sarebbe stata più simile ad Alexis. Girò la chiave e schiacciò il numero del piano. Si aggiustò il vestito allo specchio, e si trovò finalmente bella. Respirò come se dovesse nuovamente salire su un palco. Ma un rumore sordo la fece sobbalzare e lei realizzò che le serate storte non si raddrizzano quasi mai. Si accorse con orrore che l'ascensore si era bloccato proprio tra un piano e l'altro. La notte di Natale.

Pigiò il campanello di allarme, il cui suono venne però azzerato dalla voce di zia Dora e Damiano, ai quali l'effetto dell'alcol aveva dato una chiassosa euforia. Damiano, in particolare, era un po' su di giri dopo aver parlato con Orlando. Aveva preso Chiara da una parte e le aveva detto: «Dimmi che saremo in tre, ti prego... credi che non l'ho capito perché stai male?». E come lei rispose: «Forse» lui la guardò con quegli occhi che avevano già pianto e le disse che l'amava e l'avrebbe amata ancora di più. A lei, quasi istantaneamente, passò la nausea, anche se Orlando che la scrutava da lontano le fece una strana sensazione. Ma tutti i fratelli hanno i loro segreti, pensava, e vanno rispettati senza chiedersi perché.

Ninella, intanto, cercava di tenere a bada la voce di sua cognata da un lato e la mano di don Mimì dall'altro, che si stava prendendo sempre più confidenza. Il tango stava diventando sempre più audace. Lui le sfiorava il palmo con i polpastrelli, come se la baciasse, e lei guardava sua cognata facendo finta di ridere e di ascoltare, mentre temeva solo che il cuore le esplodesse in gola. Fu la sua coscienza a svegliarla, perché nel frastuono sentì una voce lontana che gridava aiuto: «Ma che fine ha fatto Matilde?» disse. E come tutti si zittirono, al tavolo fu chiaro che la povera First Lady era rimasta bloccata in ascensore. «Quell'anello porta sfiga» sentenziò Nancy per togliersi un sassolino dalla scarpa, e sua madre non la riprese solo per dimostrarle quanto fosse dalla sua parte.

Nessuno degli uomini di casa sapeva veramente cosa fare. Nessuno si era mai interessato a quale fosse la manovra necessaria se qualcuno restava bloccato. Tutti, però, iniziarono ad agitarsi. Certo, Matilde urlava un po' meno da quando aveva capito che l'avevano sentita. Ma zia Dora, dopo averle chiesto se aveva ritrovato l'anello, le intimò così tante volte «STIA CALMA» che a lei tornò un po' di agitazione.

Ora che il suo pegno d'amore era di nuovo al dito, potevano intervenire anche i pompieri. Certo vedere il traguardo così vicino e restare chiusi in ascensore non è proprio il massimo cui una suocera possa aspirare. Scandì a don Mimì il numero di emergenza, che zia Dora e zio Modesto provarono a chiamare in contemporanea in una specie di gara di solidarietà. Rispose un nastro registrato e nessuno lasciò il messaggio perché nessuno conosceva esattamente l'indirizzo. E mentre Damiano era già sul punto di chiamare i carabinieri – improvvisamente voleva aiutare tutti –, Orlando ricevette la chiamata di Enzo, che a sorpresa era arrivato a prenderlo a Polignano.

«Mi farebbe veramente piacere vederti, ma mia madre è rimasta chiusa in ascensore.»

«Ommadonna... vuoi che venga a darvi una mano?»

«Sei esperto di ascensori?»

«Un po'.»

«Come sarebbe un po'?»

«Fammi venire a dare un'occhiata.»

«E se mi chiedono chi sei?»

«Sono Enzo, un tuo amico. Tu non puoi avere un amico?»

«Allora vieni. L'indirizzo lo sai. La casa la riconosci perché sembra il Petruzzelli illuminato e ha un piccolo giardino con un albero di Natale enorme.»

Dopo poco, senza nessun preavviso – in casa iniziava a esserci una certa agitazione – Orlando presentò a tutti il suo magazziniere, e ognuno lo guardò come se fosse il salvatore della patria. Solo don Mimì lo osservò con più attenzione, ma non era il momento di approfondire la conoscenza.

«Ci sarà una cabina col motore sul tetto, no?»

«Ah sì, certo che c'è. Ma tu sei esperto di ascensori?»

«Un po'.»

«Come sarebbe un po'?»

Don Mimì capì che quell'uomo forse era la persona giusta per suo figlio. Così il clan al completo salì sul tetto, mentre Damiano fece cenno a Orlando che questo Enzo era proprio una benedizione dal cielo. Ma era stato troppo ottimista. Una volta entrato nella cabina con il quadro di comando, Enzo, dopo un primo momento di calma, si accorse di non avere la più pallida idea di che fare: la prima manopola che toccò fece saltare le luminarie e scattare l'allarme, che per cinque minuti assordò tutto il quartiere. E mentre don Mimì aveva allertato i pompieri facendo la voce piuttosto grossa, ciascuno aveva deciso di continuare quella gara di solidarietà chiamando i propri aiuti.

Nancy aveva telefonato a Tony, che magicamente le aveva risposto che non sapeva nulla di ascensori ma l'avrebbe aspettata per un ultimo bacio, quella notte, nel Cuore di Pietra. Le aveva proposto un bacio, non una notte di sesso, e lei non poteva crederci.

Zia Dora aveva cercato la sua vicina, che le disse solo che a Castelfranco non si era mai bloccato un ascensore.

Chiara aveva chiamato Mariangela che le aveva passato Pascal: non ne sapeva nulla di ascensori

– «non sono mica un tuttologo!» –, ma volle parlare con Ninella per darle due dritte sullo chignon e il trucco ambrato. Orlando aveva già avvertito Daniela, che si era precipitata da un altro cenone anche senza gomme termiche, perché non poteva perdersi una scena del genere.

Alla fine li salvò la signora Labbate, che in meno di cinque minuti si precipitò con suo figlio Mario.

Il ragazzo salì sul tetto, entrò nella cabina del motore prima che stesse per occuparla zia Dora, individuò la leva e senza troppi tentennamenti la smosse. Un grido di sollievo di Matilde, che tutti sentirono, fu la prova che la manovra era corretta. In realtà, gli andò bene perché anche lui andava per tentativi. Poi, lentamente, fece scendere l'ascensore al piano terra per restituire la First Lady al suo salone. In pochi minuti, lei trovò la forza di ricomporsi come se nulla fosse accaduto. Era paonazza in viso, ma finalmente sollevata. Nessuno l'avrebbe mai più vista sorridente come quella sera. La sua "liberazione" venne accolta da un clima disordinato e felice, insieme al pandoro ripieno che portava il suo nome. Appena vide Enzo, però, lei tornò l'acida di sempre:

«Le sembra l'ora di arrivare, pompiere?»

«Veramente è un mio amico, mamma. Si chiama Enzo.»

«Come l'altro tuo amico del matrimonio?»

«Non è affare tuo, Matilde. È un amico di nostro

figlio che ha cercato di salvarti la vita. Anche se poi ti ha tirato fuori il figlio della signora Labbate.»

Don Mimì fece l'occhiolino a suo figlio e strinse la mano a Enzo: «Buon Natale, ragazzo. E non fare complimenti, fermati con noi per il dolce. Ci stanno le cartellate, i calzoncelli...». Orlando ed Enzo si guardarono e per un attimo ebbero gli stessi occhi: forse non era amore, ma sicuramente qualcosa che poteva diventarlo. Ci sarebbero stati tanti ostacoli, il primo dei quali era l'ex fidanzata di Enzo. Ma rispetto ai guai in cui di solito si cacciava Orlando, qui per lo meno poteva combattere.

A don Mimì, nel frattempo, era venuto un forte senso di colpa nei confronti di sua moglie, che non aveva mai amato pubblicamente. Così si sentì in dovere di abbracciarla dicendole: «Ci hai fatto spaventare, sai?». A Ninella sembrò una scena talmente ipocrita e dolorosa che trovò una scusa per distrarsi e non guardare.

Che ci faceva lì? Perché aveva accettato quell'invito? Perché doveva stare appresso a un uomo che regala smeraldi a un'altra donna e ti accarezza di nascosto sotto il tavolo? Solo Chiara la vide e le si avvicinò.

«Tu devi smetterla di soffrire, mamma.»

«Purtroppo è più forte di me. Mi devi accettare così, perché non so se ce la farò a cambiare. Tu invece devi smetterla di vomitare. Sei incinta?»

«...»

«...»

«Forse. Non ho avuto il coraggio di vedere il risultato del test.»

«Ecco, lo sapevo. Non volevo piangere prima e piango adesso.»

«Mamma, sarebbe una bella notizia...»

«Lo so... è che tu cresci e io divento sempre più ragazzina. È normale che a cinquant'anni mi devo fare bionda ramata?»

«Tu puoi fare quello che vuoi, mamma, perché non ti sei mai concessa niente nella vita. Ed è giusto che ora fai ciò che vuoi. Vuoi che ti accompagni a casa?»

«No, ce la faccio da sola. Tanto ci sono anche gli zii e la signora Labbate. Nancy deve andare a salutare le amiche del coro... capisci a me. Tanto domani abbiamo il pranzo da te. E fregatene del brodo, il tuo sarà molto più buono, perché l'hai fatto col cuore.»

Dopo la liberazione di Matilde dal sequestro dell'ascensore, tutti pensarono che fosse meglio lasciarla sola a riposare, e decisero educatamente di congedarsi, saltando così la frutta esotica, le cartellate, il pandoro ripieno alla Matilde e, soprattutto, il giro di tombola, anche se non era sul menu. La First Lady era così provata che non si offese, e preferì chiudere quella vigilia sgangherata andandosene a letto con il suo anello e – sperava – suo marito. Salutò tutti con una stretta di mano: un po' per stanchezza, un po' per imbarazzo, un po' per esibire lo smeraldo.

Don Mimì l'accompagnò in camera senza fretta e l'aiutò a spogliarsi. Lei si sentiva così in paradiso che si buttò sul letto addormentandosi quasi all'istante. Prima, ebbe solo la forza di dire a suo marito: «Buon Natale».

Appena le sentì cambiare respiro, don Mimì tornò al piano di sotto a cercare di fermare Ninella prima che andasse via.

25

Quando scese, don Mimì trovò solo Sisina che sistemava i piatti nella lavastoviglie. Cantava *Hey Jude* dei Beatles senza sapere le parole, ma era troppo contenta che quella cena fosse finita. Non si era neppure offesa perché gli ospiti erano spariti senza salutarla come si deve, tranne la signora Labbate, che l'aveva abbracciata solo perché cercava nuove storie da imbastire. Ma Sisina non le aveva dato soddisfazione.

Era stata una vigilia di Natale faticosa e tutti, in un certo senso, avevano sentito la necessità di fuggire da lì per evitare che qualcos'altro potesse ancora succedere. Prima di uscire, don Mimì salì di nuovo in camera per accertarsi che sua moglie dormisse veramente. La sentì russare abbarbicata al suo anello e gli fece tenerezza, ma non bastò a trattenerlo in camera. Così indossò un giubbotto che usava per i campi, si armò di scarpe pronte per la guerra e uscì. Salì in macchina, schiacciò l'acceleratore e dopo un po' chiamò Ninella. E lei, che in fondo al cuore non aspettava altro, rispose.

«Dimmi.»

«Non ho niente da dirti, Ninella... ti volevo salutare meglio.»

«Allora salutiamoci. Buonanotte.»

«Dammi solo un minuto. Fammi questo regalo di Natale.»

«E perché dovrei farti un regalo?»

«Perché il tuo regalo è anche il mio, e tu lo sai. Dài, solo cinque minuti... tanto tua cognata è ubriaca e non se ne accorge nessuno...»

«Ma c'è la signora Labbate.»

«Basta che aspetti che entri in casa.»

«E dove mi vorresti vedere?»

«Se ti giri e mi aspetti, lo decidiamo insieme.»

Ninella si voltò e lo vide, appoggiato al suo macchinone, in un angolo della piazza. Gli fece cenno di aspettare e arrivò fino a casa ad accompagnare zia Dora e zio Modesto. Salutò la signora Labbate in un modo così caloroso che lei entrò subito dentro per l'emozione. Aiutò sua cognata a togliersi gli strass e adagiarsi sul divano-letto, dove lei cadde addormentata in meno di un minuto dopo un attacco di ridarola. Poi disse a Modesto che sarebbe andata a fumarsi l'ultima sigaretta. «Te la meriti» le disse lui in un tono che la fece titubare un attimo, ma era troppo agitata per dargli peso. Aveva di nuovo vent'anni. Tutte le cose imparate, tutti gli errori commessi, sembravano improvvisamente non servire a nulla. Voleva rivedere Mimì perché non avrebbe voluto più vederlo. Era quello l'amore, per Ninella: non ascoltare mai la testa ma solo la pancia. Alla sua età però aveva imparato a capire anche quella. Era più arrabbiata che innamorata, e questo non è mai un segno di forza. Don Mimì, nel frattempo, era risalito in macchina per non dare troppo nell'occhio.

Piazza dell'Orologio si era già svuotata da un pezzo, e i pochi passanti erano così imbacuccati che nessuno faceva più caso alle persone. Erano tutti concentrati su dove mettere i piedi. Solo Ninella tornava indietro a testa alta, temeraria, sfidando il freddo e gli occhi nascosti dietro le persiane.

Lui l'aspettò con la radio accesa – passava *Si è fermato il tempo* dei Negramaro –, il profumo di pino e le braccia pronte a stringerla. Lei accettò suo malgrado: si sentiva clandestina, era stanca e aveva il disperato bisogno di sentire un uomo vicino.

«Allora, che mi dici?»

«Tu che mi dici... che mi fai entrare nella tua macchina a quest'ora la notte di Natale.»

«Volevo farti gli auguri come si deve.»

Senza aspettare una risposta, mise in moto e ingranò la prima, per allontanarsi da quei vicoli che sembravano non dormire mai.

«Gli auguri ce li saremmo fatti domani.»

«Sì, ma domani ci saranno anche gli altri, e io voglio stare un po' solo con te.»

«Anch'io avrei voluto stare con te, e non solo una sera. Ma mi pare che la cosa non sia realizzabile. E potevi anche risparmiartelo di regalarle un anello davanti a me.»

«Ma non gliel'ho dato davanti a te... e quell'anello non ha nessun valore.»

«Per una donna un anello ha sempre valore, ricordalo.»

Don Mimì andava a passo d'uomo e girava per le vie quasi impraticabili intorno alla stazione. Gli unici segni di vita erano gli alberi accesi sui balconi.

«Se tu vuoi... io...»

«No, ti prego, non essere un piccolo uomo anche tu, che compri l'anello pure a me.»

«No ma infatti... non intendevo. Ti avrei preso dei bicchieri.»

«E perché non l'hai fatto?»

Lui la guardò senza rispondere.

«Mimì, voglio essere sincera fino in fondo con te. Tu mi piaci assai, sei l'uomo della mia vita... ma sulla Terra non c'è un solo uomo per ogni donna, ne sono sicura. Quella del principe azzurro è una fissazione di noi donne, che abbiamo visto troppi film... e *Pretty Woman* ci ha dato la mazzata finale. Noi vogliamo solo tre cose: essere guardate, essere capite ed essere scopate. Però vogliamo farlo con una persona che sia solo per noi. Io non posso pensare che tu ora stai con me e poi te ne torni da lei... tralasciando i casini che causerei a mia figlia... ai nostri figli... ma questa cosa tu la sai.»

«Quindi non mi concedi un bis?»

«Io non sono un dessert. Abbiamo già fatto un bis dopo vent'anni ed è stato bellissimo... sai già come sono.»

Don Mimì aveva accostato in una via secondaria e buia, perché voleva guardarla dritto negli occhi.

«Ma se io lasciassi mia moglie tu...»

«Tu devi lasciare tua moglie solo se te la senti, e non devi farlo per me. Fallo, se credi che sia giusto, e poi cercami di nuovo. Ma non è detto che io sarò qui ad aspettarti.»

«Dimmi la verità... stai vedendo qualcuno, Ninè?»

«...»

«Era lui che ti telefonava a cena e non rispondevi?»

L'aveva notato, e questo le fece battere di nuovo il cuore.

«Può essere... ma non cambierà mai ciò che provo. Questo te lo dico sinceramente. È così difficile poter parlare con te, che quando ci parliamo ti devo dire tutto. Ora però ho freddo.»

«Vuoi che tiri su il finestrino?»

«No, voglio un bacio.»

Lui si avvicinò a lei con la solita sicurezza e di colpo sparirono la neve, il mare, il Natale. Era una notte senza tempo e con poche speranze, che se li sarebbe portati via se solo avesse avuto un angolo dove nasconderli. Invece non avevano angoli ma solo paura che qualcuno li vedesse. Il freddo li aiutò a toglierli dall'imbarazzo, e i fiocchi resero i loro baci particolarmente caldi. Era ripreso a nevicare. Ninella lo baciava soprattutto per non pensare: sapeva di essere dentro il sogno e non voleva svegliarsi. Tutti i baci dati con calma, in fondo, assomigliano ai sogni.

«Dimmi la verità: ti sei fatta bionda per me.»

«Tu ti sopravvaluti Mimì. Se io avessi vissuto pensando solo a te, mi sarei ammazzata da un pezzo.»

«Però stai bene, sai? Tu stai sempre bene, anche quando non ne sei convinta, come stasera.»

«Si vedeva?»

«Io l'ho visto, ma mi sei piaciuta proprio per questo. Non eri sicura come al solito.»

«Io non sono mai sicura, Mimì. Mai quando ti vedo.»

«È per questo che mi tratti male?»

«Ma io ti tratto male solo perché voglio continuare a vivere serena. E adesso, ti prego, lasciami andare.»

«No, dài. Prendiamoci almeno un caffè.»

«Un caffè ci può rovinare.»

«Sai che ti dico? Chissenefrega.»

Così girarono per mezz'ora a cercare un bar aperto, fino a che ne trovarono uno al fondo di via Sarnelli. Ninella non voleva scendere, ma lui ci teneva a tutti i costi a farle un regalo: mostrarsi in pubblico con lei, anche solo davanti a un semplice barista alle due di notte. Il ragazzo, però, che li conosceva di vista, fece finta di nulla e aveva così sonno che non ci fece quasi caso quando chiesero due macchiati caldi.

Non c'era musica nell'aria, solo il suono di piattini e un videogame che emetteva versi strani. Fecero un brindisi con le tazzine, e divisero la stessa bustina di zucchero di canna. Lo bevvero un po' troppo in fretta, e allora ne ordinarono un altro. Non potevano finire così.

«Comunque se pensi che non mi sia accorta che sei ingrassato ti sbagli.»

«Si vede tanto?»

«Be', non ti ho mai visto col gilè. Tu sei un uomo da camicia, e l'uomo con la camicia non ha mai paura della pancia.»

«Allora posso chiederti perché hai cambiato collana?»

«Perché sono una donna.»

Il barista gli fece cenno che doveva chiudere, perché aveva capito che quei due si sarebbero messi nei guai e non voleva essere complice. Risalirono in macchina con la freschezza di due adolescenti alla loro prima uscita il sabato sera.

«Quando ci rivediamo?»

«Domani siamo a pranzo dai nostri figli.»
«Sì, ma noi due quando ci rivediamo?»
«Finora il destino ci è stato amico. Vediamo se lo sarà ancora.»

Tornarono a casa di Ninella con addosso una strana malinconia, ma non ebbero paura nemmeno di baciarsi sotto la finestra della signora Labbate. In quell'ultimo bacio al caffè, don Mimì sentì di avere poche speranze, ma non voleva darsi per vinto. Tornò da sua moglie andando pianissimo, rispettando tutti i semafori che avevano ripreso a funzionare. Mentre varcava il cancello, si accorse di avere gli occhi pieni di lacrime. Se le asciugò prima di entrare in camera, dove Matilde continuava a dormire abbracciata al suo anello.

Era la notte degli abbracci: la signora Labbate dormiva abbracciata a suo figlio; Nancy dormiva abbracciata al cuscino; Chiara e Damiano dormivano abbracciati l'una con l'altro; zia Dora dormiva abbracciata alla pelliccia; zio Modesto dormiva abbracciato alla testiera del letto; Daniela dormiva abbracciata al sedile della sua macchina; Orlando dormiva abbracciato a Enzo, ma di fatto non dormiva.

Anche Ninella non dormiva, ma era sollevata e più forte di quanto credesse. Sentiva di avere dato il massimo, e non era pentita di nulla. Si toccò il collo e ritrovò la collana di Rossano. Forse l'avrebbe chiamato, ma solo dopo le feste.

Aprì la finestra della sua cucina e respirò l'odore del mare, che continuava ribelle a inghiottire la neve.

Restò così, sveglia per ore, illuminata dalle luci del suo alberello. Era sola, ma non era più triste. Non avrebbe mai voluto che arrivasse Natale.

Ringraziamenti

L'idea di questo libro è del mio amico Marco Ponti, che mi conosce da quando ero magro e sa che per Natale vengo sequestrato dai parenti dal 24 dicembre fino a Santo Stefano. Così, quando davanti a un caffè mi ha suggerito la cena di Natale di *Io che amo solo te,* mi sono subito messo a spignattare.

Ero nel pieno del mio Gaga-Tour di promozione, ma quando si è innamorati non si sente mai la fatica. Ho tirato giù la trama su un volo Torino-Napoli, ho mentito clamorosamente alla Mondadori sul mio stato "avanzamento lavori" e ho capito che l'unica possibilità era scrivere in hotel: ho iniziato ad Agropoli in un giorno di vento, ho proseguito a Roccapiemonte, Monterosso, Gallipoli, Palermo, Taormina, Matera, Potenza, Lucera, Polignano (!!!), Roma e l'ho finito alla Fattoria del Colle di Trequanda. L'ho corretto a Padova e a Mestre e l'ho riletto sempre a Verona, io che amo le coincidenze.

Ma non sarei mai riuscito a riprendere in mano Ninella e don Mimì se non fossi stato investito da un'onda gigante di affetto da parte dei lettori. Molti li ho incontrati in posti lontani, da Marsala al Trentino, ed è sempre stato emozionante.

Grazie di cuore a ciascuno di voi, che mi avete riempito di parole e abbracci e torte e peperoncini più di quanto meritassi. Grazie ai lettori "silenziosi", che si sono semplicemente ritrovati nelle mie avventure, e a quelli che mi hanno scritto, cui non sempre sono riuscito a rispondere. Ho però letto ogni volta con gioia: le nuove vicende di Nancy e Orlando sono anche figlie dei vostri commenti.

Spero quindi che questa cena vi piacerà (do per scontato che stiate leggendo i ringraziamenti prima del romanzo, come faccio io!).

Grazie anche ai librai che mi hanno invitato, consigliato ed esposto: siete idealisti e combattenti, e per questo avrete sempre la mia stima e il mio sostegno. Grazie per avermi fatto scoprire angoli dell'Italia dove stupidamente non sarei mai andato.

Grazie di cuore a tutti i pugliesi – che fighi che siete – in particolare agli "omonimi" che si sono divertiti a ritrovarsi involontariamente in questa storia: ho già conosciuto almeno tre Mimì Scagliusi, uno di sedici anni! Top.

Grazie al mio grande amico Gianni Polignano, il mio Virgilio del sudest barese, e a tutta la sua tribù di donne Serripierri. Grazie a Daniela "la sposa" La Ghezza, Antonio Centrone, Residenza San Tommaso, Donatella per l'idea dell'ascensore e lo "zio" Enzo che mi ha insegnato a sbloccarlo.

Grazie in particolare ad Annamaria Minunno, unica e mitica, Michele Campanella, Francesca "la" Cinelli, Marco Todaro, Danilo Cacucciolo, Lorenza L'Abbate, Michele Cito, Francesca Barba, Gianni De Napoli e gli antipasti dei Due Ghiottoni, mio "cugino" Gianpiero Pisanello e gli amici di Tuglie – mannaggia la pittula – Carmelina Sangiorgi, The Italian Bookshop di Londra e Italia Altrove di Düsseldorf, Le Macare, Patrizia Sandretto, Carlotta Lovat, Mariolina Cicerale, Alfredo e Giuseppina Bilardello, la "stazione" Ubik di Foggia e gli amici di San Severo, Ida Di Martino, Tommaso Pignatelli, i due Davidi della "Therese", Marco Miana e la Sosia & Pistoia, Laura Ceccacci, Paola Brazzale, Nunzio Belcaro, Paola Maranzano, Sergio Messina, Michele Sonica "Corato", Renata Garofano, Max Baccano, Marianna Mam, Giulia Zampina, Lucrezia Maggi, Alberto Trincucci e Casa D'Auria a Lucera, gli amici di Facebook e i blogger di libri, Giacomo Pilati, Lauretta Antonelli, Pier Giuseppe Moroni, il Dock's 101, Silvia Fondrieschi, Barbara Manto, Fabiola Balduzzi, Federica Damiani e lo staff del Grand Hotel et de Milan.

Grazie a Simona Baroni, Benedetta Finocchi, Dolce&Gabbana, per la disponibilità e per quella splendida giacca. Ogni tanto me la metto anche a casa da solo.

Grazie a Sandra Piana e a Felipe Silva, siete unici.

Grazie alla mia fantastica editor Joy Terekiev, al suo rigore tedesco e al suo grande cuore meridionale.

Grazie ad Antonio Riccardi, Antonio Franchini, Giovanni Dutto, la "Lori" Grossi, Cecilia Palazzi, Cristiana Moroni, Nadia Focile, Mara Samaritani, Camilla Sica, Nadia Morelli – te li sogni ancora i peperoncini? – Barbara Gatti e a *tutti* in Mondadori per l'entusiasmo.

Grazie per esserci sempre a Mirko Nazzaro – te l'avevo detto! –, Diego Davide – il cornetto lo sa –, Mavi Scartozzi e ai nostri ascoltatori di Radio2.

Grazie ai miei genitori, a mio fratello Marco, a Rosalba e Valeria, ai miei cugini: è bello sapere che sarete sempre dalla mia parte.

Infine, grazie alle celebrities che mi hanno regalato tempo, talento e visibilità. Per colpa vostra me la sono anche tirata con i vicini di pianerottolo: Giuliano Sangiorgi, Mara Venier, Luciana Littizzetto, Alberto Matano, Benedetta Parodi, Alessandra Amoroso, Fiorello, La Pina – inchino – Diego, Antonella Clerici, Pippo Pelo, Francesco Facchinetti, Erica Mou, Jovanotti, Raffaele Casarano, Marco Bardoscia, Emma Marrone, Bianco, Flavio Insinna, Costanza Caracciolo, Piero Chiambretti, Carmela

Vincenti, Caterina Balivo, Nicoletta Deponti, Paola Turci, Fabio Volo, Serena Dandini. Sarebbe bello vedervi tutti a cena: ma chi paga?

P.S. I capitoli sono 25, come il giorno di Natale, e forse non è un caso.

P.P.S. Non riesco mai a farli brevi, sti ringraziamenti, e mi scordo sempre qualcuno. Non è mai voluto.

«La cena di Natale»
di Luca Bianchini
Oscar
Mondadori Libri

Questo volume è stato stampato
presso ELCOGRAF S.p.A.
Stabilimento - Cles (TN)
Stampato in Italia. Printed in Italy